群星熠熠

臺灣當代詩人析論

林于弘 著

自序　仰望的姿態

林于弘

擺盪於創作與學術的天秤，是所有學院作家最沉重也最甜蜜的負擔。在我而言，這兩項並沒有主副之別，而是一種「雙核」運作的模式，詩人的腦袋用來寫詩，學者的思維則架構論文，二者基本上是各自為政、並行不悖，彼此互相尊重也儘量互不干涉。畢竟寫作還是以感性為本，論文則需理性掛帥，共用的軀體雖然不大，但還是各有各的小天地。

在《群星熠熠——臺灣當代詩人析論》裡，我暫時回到學者的身分，把近年來針對臺灣當代詩人的論述總為一冊，依其出生先後，共收錄：張秀亞、向明、管管、席慕蓉、黃榮村、蕭蕭、莫渝、向陽（二篇）、鍾喬及江文瑜等十位臺灣當代詩人的評論。這其中多數是創作不輟、聲名遠播的專業作家，但也有跨界書寫、轉換跑道的不同抉擇，但考察其於特定時空背景下，對臺灣新詩耕耘的表現與成就，都有值得你我回顧省思的重要價值。

仰望夜空，群星閃爍或有明暗，然彼此的距離如何，吾等安能想像？人之於宇宙或有此憾，談文說藝亦難免毫釐千里。然而人生因有夢想而偉大，逐夢的歷程自是一段漫長的試煉與驗證，成敗得失，就留與後人嚴肅面對或閒談清議，自是不勞挂心。至於個人仰望的姿態，就當作是夸父逐日的莫名堅持。或許比喻寄託，或神話傳說，在詩人與評論者之間，也許只是某種虛擬的切割與共享。但無論如何，我始終真誠相信——寫作的快樂總是如此，評論的愉悅也不例外。

目次

張秀亞新詩的四季書寫

一、前言

張秀亞雖以散文知名，但其新詩創作在1960年代前後的臺灣詩壇，也占有重要的一席之地。

張秀亞的創作起步甚早，早在中學時期，就已展現她在詩作上的才華，她曾自述：「我那時（1937年）正醉心於詩，……。還記得在那所有名的建築典麗的女中的前院水池邊，常常手持一卷詩冊，在蕭蕭的白楊伴奏下，反覆吟詠。」[1]張秀亞15歲就在《天津益世報‧文學週刊》發表第一篇詩作〈夏天的晚上〉[2]，自此以後，在詩的領域創作了200餘首作品，並結集出版《水上琴聲》（1956）、《秋池畔》（1966）、《我的水墨小品》（1978）、《愛的又一日》（1987）四本詩集。

---

1 莊秀美，〈返景入深林——訪女作家張秀亞女士〉，收錄於《張秀亞全集15》（臺南：國家臺灣文學館，2005），頁367。

2 〈夏天的晚上〉發表於1934年9月19日《天津益世報‧文學週刊》。雖然張秀亞曾在《秋池畔‧後記》和《愛的又一日》中說自己開始寫詩是民國24年（1935年），寫作年表亦將〈夜歸〉視為第一首詩作，此處或有誤差。參見曾進豐，〈風格，美麗的存在——論詩人張秀亞之抒情傳統〉，收錄於《永不凋謝的三色堇——張秀亞文學研討會》（臺南：國家臺灣文學館，2005），頁43。

張秀亞在大陸時期的作品都發表在《益世報》和《大公報》，1948年來臺以後，詩作多發表於《新詩週刊》、《現代詩季刊》及《公論報》中的《藍星週刊》。1950年代臺灣詩壇崛起的女詩人有蓉子、林泠、敻虹、李政乃、彭捷、張秀亞、陳秀喜、沉思，當時張秀亞在新詩的創作與出版皆頗有可觀[3]，她也是第一批加盟「現代派」的成員，而以此肯定其在當時詩壇的地位實不為過。雖然張秀亞的創作是多方面的，但是她對詩卻有更深刻的情感，張秀亞曾說：「在這世界上，我只愛了且保留一件東西，那就是詩，我愛散文及小說，以及歷史，但也為了那多多少少是詩的延展」[4]、「只為有了詩，我才能獨立於生活的懸崖，凝望著清麗的澗花溪草，悠然自得；只為有了詩，我才能忍耐冬日荒原的寂寞，而魂遊百合花的香息，欣然色喜」[5]、「詩使我的生命擴大，詩使我的精神境界提高，……，詩給了我安慰，也給了我快樂」[6]。張秀亞的詩作風格如同她的個性一樣，「沉靜中帶著幾分恬美；晶瑩中又有幾分淡淡的憂鬱。」[7]但因為她的詩作發表多集中在1960年代前後，之後的創作相對稀少，加上她在散文創作的光芒更受到文壇關注，是以張秀亞的詩名未被彰顯。

---

[3] 余欣娟也提出：「從詩選集或是《創世紀》、《藍星》、《笠》等來看，50、60年代的女詩人人數不多，……且出過詩集的有：張秀亞、蓉子、林泠、羅英、劉延湘、彭捷、沉思。」的類似看法。參見余欣娟，〈不僅僅是鄉愁——女詩人的「流亡」與「落地生根」〉，《臺灣詩學學刊》第5期，2005年6月，頁149。

[4] 張秀亞，〈詩與我〉，《杏黃月》（臺北：林白，1985），頁104。

[5] 同註4，頁99。

[6] 張秀亞，〈《秋池畔》後記〉，收錄於財團法人臺灣文學基金會編，《張秀亞全集1》（臺南：國家臺灣文學館，2005），頁158。

[7] 舒蘭，〈中國新詩史話22：張秀亞〉，收錄於財團法人臺灣文學基金會編，《張秀亞全集15》，頁423。

另外，張秀亞的新詩風格屬於浪漫唯美、溫柔典雅一派，「不論就形式技巧、內容思想及風格特色，皆迥異於時代主流」[8]，因而在討論1960年代前後的（女）詩人時，往往容易被忽略[9]。

事實上，張秀亞在1960年代前後詩壇的意義，及對後世的啟發著實無庸置疑，其內容主題與表現技巧更具有重要的啟示。因此本文將以《張秀亞全集1》（詩卷）的內容為主，且包含其他尚未收錄於《張秀亞全集1》的詩作，取材則以詩題與「四季」（春、夏、秋、冬）直接相關的新詩為研究主體，並分別從形式和內容兩方面，觀察有關張秀亞的四季新詩創作特色，及其被賦予的意義與價值。

二、張秀亞四季新詩的形式特色

為便於進行研究，以下將利用表格的方式，呈現張秀亞在四季新詩創作中的形式，並分別從題目、行數、段數等部分進行比較（參見表1）。

---

[8] 曾進豐，〈風格，美麗的存在——論詩人張秀亞之抒情傳統〉，收錄於《永不凋謝的三色堇——張秀亞文學研討會》，頁46。

[9] 如張默、瘂弦所編的《六十年代詩選》（1961）僅收錄林泠和夐虹兩位女性，張默、洛夫、瘂弦的《七十年代詩選》（1967）也僅收錄朵思、劉延湘、蓉子、羅英等四位女詩人，直至張默《剪成碧玉葉層層》（1981）才以較多的篇幅，評述張秀亞的詩作。

表1　張秀亞四季新詩題目、行數、段數與原始出處一覽表

題目	行數	段數	原始出處	備註
春的企盼	15	4	《愛的又一日》，臺北：光復，1987。	收錄於《張秀亞全集1》，頁269-270。
春天的預言者	26	5	《自由青年》17卷7期，1957年4月1日。	收錄於《張秀亞全集1》，頁367-369。
春天	10	3	《聯合報．聯合副刊》5月12日，年代未明。	收錄於《張秀亞全集1》，頁465。
夏午	8	2	《我的水墨小品》，臺北：道聲，1978。	收錄於《張秀亞全集1》，頁198。
初夏	9	2	《我的水墨小品》，臺北：道聲，1978。	收錄於《張秀亞全集1》，頁199。
夏日．秋天	14	3	《我的水墨小品》，臺北：道聲，1978。	收錄於《張秀亞全集1》，頁200-201。
初夏之晨	9	1	《愛的又一日》，臺北：光復，1987。	收錄於《張秀亞全集1》，頁272。
仲夏晝午	16	2	《愛的又一日》，臺北：光復，1987。	收錄於《張秀亞全集1》，頁273-274。
夏日小唱	10	3	《愛的又一日》，臺北：光復，1987。	收錄於《張秀亞全集1》，頁275-276。
夏之回想	14	7	《愛的又一日》，臺北：光復，1987。	收錄於《張秀亞全集1》，頁277-278。
夏夜	16	4	未結集，出處時間未明。	收錄於《張秀亞全集1》，頁452-453。
夏天的晚上	35	6	《天津益世報．文學週刊》，1934年9月19日。	
夏天小詩二首	?	?	《文訊》革新第18期，1990年7月，頁75。	僅見節錄3行。
秋日小唱	8	2	《水上琴聲》，彰化：樂天，1956。	之後重新排印（臺中：光啟出版社，1966。），改名為《秋池畔》。收錄於《張秀亞全集1》，頁65。
秋夕	12	3	《水上琴聲》，彰化：樂天，1956。	收錄於《張秀亞全集1》，頁69-70。

秋之華	15	3	《水上琴聲》， 彰化：樂天，1956。	收錄於《張秀亞全集1》， 頁80-81。
秋池畔	15	2	《秋池畔》， 臺中：光啟，1966。	《水上琴聲》未收錄， 後來新增。 收錄於《張秀亞全集1》， 頁156-157。
秋	6	1	《我的水墨小品》， 臺北：道聲，1978。	散文詩。 收錄於《張秀亞全集1》， 頁202。
湖水．秋燈	16	4	《愛的又一日》， 臺北：光復，1987。	收錄於《張秀亞全集1》， 頁245。
秋之抒情	16	3	《愛的又一日》， 臺北：光復，1987。	收錄於《張秀亞全集1》， 頁279-280。
新秋—— 日曆告訴我： 八月八日立秋	8	2	《愛的又一日》， 臺北：光復，1987。	收錄於《張秀亞全集1》， 頁289。
秋暮	17	3	《秋水詩刊》92期， 1996年7月。	收錄於《張秀亞全集1》， 頁398-399。
秋天的詩	9	2	未結集，出處及時間未明。	收錄於《張秀亞全集1》， 頁464。
秋情	19	3	未發表。	收錄於《張秀亞全集1》， 頁479-480。
秋來	19	4	未發表。	收錄於《張秀亞全集1》， 頁482-483。
秋之歌	44	5	《現代詩季刊》第1期， 1953年2月，頁9。	
秋	12	3	《藍星週刊》第166期， 1957年9月13日。	收錄於《張秀亞自選集》（臺北：皇冠，1972）， 頁253-254。 收錄於《張秀亞全集9》， 頁37-38。
初冬情懷	7	1	《愛的又一日》， 臺北：光復，1987。	收錄於《張秀亞全集1》， 頁285。

收錄於《張秀亞全集》的新詩中，題目直接與四季相關的作品共有27首[10]。首先，以季節區分，「秋」14首，占全部季節書寫的一半以上，數量最為可觀；「夏」9首，也占了1/3；相對的，「春」3首與「冬」1首，是張秀亞較少描繪的季節。

其次，以行數的長短觀察，10行以下的詩有10首，11~20行之間的詩有14首，21行以上的只有3首，可見其季節書寫的詩作，以短詩占絕大多數（參見表2）。

表2　張秀亞四季新詩行數分布統計表

行數＼內容	春	夏	秋	冬	總數
10行以下	1	4	4	1	10
11~20行	1	4	9	0	14
21行以上	1	1	1	0	3
合計	3	9	14	1	27

說明1：〈夏日・秋天〉依其內容與描寫，列入「夏」而不列入「秋」計算。
說明2：〈夏天小詩二首〉因僅見節錄3行，故不列入討論。

接著，以分段的多寡來看，張秀亞的詩作無論長短多有分段，只有〈初夏之晨〉、〈秋〉、〈初冬情懷〉這3首是以不分段的形式呈現（其中〈秋〉屬散文詩）。分三段的有9

[10] 此處共增補《張秀亞全集1》未收錄的〈夏天的晚上〉（《天津益世報・文學週刊》，第三張，1934年9月19日）、〈秋之歌〉（《現代詩季刊》，1953年2月1日，第1期，頁9。）、〈秋〉（《藍星週刊》，1957年9月13日，第166期。）等3首詩；另〈夏天小詩二首〉（《文訊》，1990年7月，革新第18期，頁75。）因僅見節錄3行，故不列入討論。

首，數量最多；分二段的有7首，數量也不少；以上兩者合計將近六成。至於分四段的有4首，數量排第三；不分段的有3首，數量排第四；分五段的有2首；分六段和七段各有1首，數量最少（參見表3）。

表3　張秀亞四季新詩段數分布統計表

段數＼內容	春	夏	秋	冬	總數
一	0	1	1	1	3
二	0	3	4	0	7
三	1	2	6	0	9
四	1	1	2	0	4
五	1	0	1	0	2
六	0	1	0	0	1
七	0	1	0	0	1

至於在押韻的部分，張秀亞詩作明顯用韻的情形並不多，只有少數是此種類型，〈秋日小唱〉即全詩皆押ㄤ韻：

天邊一抹淡青的山影，
地上一片銀色的湖光，
誰持一枝蘆葦的畫筆，
輕輕臨描著半圓夕陽？

湖岸只餘兩行清淺的足印，
唯有寂寞悄然的獨自來往，
白草深埋著一支玲瓏短笛，

似仍吹弄無聲的秋日小唱[11]。（張秀亞2005a：65）

以上共8行，分為兩段，第一段每行9個字，第二段每行11個字，全詩的偶數句都押ㄤ韻，通篇句式整齊，頗有格律詩的味道。

另外，〈秋夕〉共分三段，三段分別使用ㄧ、ㄢ、ㄟ為韻腳，屬逐段換韻的安排：

今夜我泛舟湖上，
水是一片淒迷，
只有零落幾點白露
悄悄的沾濕了人衣。

為了尋覓詩句，
我繫住了小船，
螢蟲指引我前路，
微月如一片淡煙。

山徑是如此清冷
林木間蟲聲細碎，
何處飄來了一絲淡香？
可是夏日忘記的一朵薔薇？

[11] 同註6，頁69-70。

接著，從形式結構觀察，每段固定行數的形式，在張秀亞的詩作也很常見。如〈夏之回想〉：

聽過那個夏午池邊微雨的柳絲
可說是這詩之季節的證人吧。

讀書時夏天的荷池
乃恆久年輕的記憶。

半池是淺綠輕紅的荷影
一池是溶漾著夢幻的漣漪。

記得那荷葉上的水珠
曾和頰邊的水珠一起閃爍。

葉上的珠顆是雨的傑作
頰邊的珠顆則是離情所嵌飾。

今年的仲夏仍在徘徊猶豫
池邊還未悠揚起琴韻般的荷香。

水上的浮萍散亂的綠了
似又看到那首墨色猶濃的小詩[12]。

---

[12] 同註6，頁277-278。

以上全詩14行分為七段，2行一段的形式結構，可見作者的刻意經營。這七段的視野是由大見小，再由小見大的方式鋪展，從午池邊的微雨，轉到池邊的荷影，進而聚焦在池中荷葉上的水珠。從觀看中陷進回憶，再從珠顆的離情拉回現實，此時視線也放大至整個水面上的浮萍，每一段都寫出不同的觀察對象，在分段閱讀時轉換不同的視角。

至於固定每段4行的模式，則是張秀亞詩作最常見的句式。如〈新秋——日曆告訴我：八月八日立秋〉即是4行兩段的固定結構。

我多愛那些荷葉
而荷葉上起了蝺蝺秋風
那小小的蓮房是誰的心呢
其中有那麼碧綠的思念。

擬在荷池的老魚吹浪中
網住回憶的浮萍，
卻撈起一把不眠的星光
激濺著夢中井水的清亮[13]。

此外，〈夏午〉和〈秋日小唱〉同樣也是4行兩段的結構。〈秋夕〉和〈秋〉也是每段4行，但全詩共有三段；〈夏

---

[13] 同註6，頁289。

夜〉和〈湖水・秋燈〉則是4行四段的安排。另外〈秋之華〉是5行三段的結構，屬於比較特殊的奇數行形式。除此之外，〈秋〉則是當時更罕見的散文詩。

幾片淡雲，
幾陣微風，
製造了地上與心間的早秋天氣。

在讀書的時候，微陰的秋晨，她常常喜歡披著她那件格子的風衣，踏著人行道上的落葉去散步，濕潤的空氣裡，混合著桂花的香味，她這時猶還記得，街頭巷口已有人在賣蓮蓬，呵，可愛的回憶中的秋天，使她的心靈浸在秋光的金影裡[14]。

「散文詩」是一種「半詩半文」的特殊文類，瘂弦曾論及：「散文詩，它絕非散文與詩的雞尾酒，而是借散文的形式寫成的詩，本質上仍是詩。」[15]張秀亞也說：「粗看之下，覺得它款款道來，如同散文，而讀畢之後，才知其晶瑩圓潤，芳馥滿口，是一首『無名』而『有實』的詩歌。」[16]這種不拘泥的見解，亦可見張秀亞勇於追求新變的精神。

整體而言，張秀亞的四季詩作無論是句式或押韻的安排，顯然受到古典格律的影響。雖然春、夏、秋、冬在行數和段數的運用不盡相同，用韻也不明顯，但篇幅偏向短小的書寫習慣，形成她在四季新詩書寫形式上重要的個人特色。

---

[14] 同註6，頁202。

[15] 瘂弦，〈現代詩短札〉，《中國新詩研究》（臺北：洪範，1982），頁52。

[16] 張秀亞，〈談散文詩〉，收錄於財團法人臺灣文學基金會編，《張秀亞全集8》，頁302。

三、張秀亞四季新詩的內容特色

就詩作的取材部分來看，張秀亞選擇夏、秋為描繪主題的作品分量超過八成，如此也可以一瞥其在四季新詩書寫的偏好。

雖然她在不同季節的素材選擇各異其趣，但仍有其整體性的書寫特色。在夏天選擇描繪的詩句中，張秀亞多用花朵（卉）、小草、蝴蝶、昆蟲以及陽光、微笑等正面元素，表現大地充滿生機的情景，內容也多以輕快的語調，寫出大自然花草昆蟲欣欣向榮的畫面。另外在顏色的使用上，是以濃綠、碧綠描寫青草如茵，以亮藍、濃藍形容清澈潔明的天空，以金黃色象徵豐收時刻。如〈夏日．秋天〉：

幼年的夏
燦爛得像神話故事
舊夢在屋簷下柳蔭裡溫習著呢。

還記得那濃藍的夏夜
在叔祖的旱煙管上吹火星
更在老姑母的銀簪上睒眼
於蝴蝶同木葉的撲閃中
小蒲扇的輕搖裡去遠了。

呵，今年忙得又忘了
到後院樹下聽蟬嘶

那末

到清淺的荷池邊去拾花片吧

看金黃的秋天——那喜悅的豐收象徵

坐著季節的小舟來了——[17]

詩作以濃藍形容幼年時夏天的夜晚，觀看蝴蝶在樹叢間穿梭，以及聆聽家中後院裡樹上的蟬鳴，享受荷花池畔豐收的喜悅。從詩中可見作者對幼年夏天的嚮往，勾勒當年夏天愉快輕鬆的童年生活。

反觀秋天，在古典詩詞多以傷秋的形態，表述詩人內心的感受，張秀亞描繪秋天的詩句，仍依循古詩傷秋的手法。在詩中使用的意象素材，以蘆葦、桂花、蓮藕、荷葉、螢火蟲等，展現秋季的特色。此外以淡雲、池邊、湖水、落葉，營造相對冷調的氛圍，且以舒緩的口吻，回憶過往生活並追尋已逝的情感。如〈秋來〉：

秋在池邊走過

我也在池邊走過

淺淺的秋池

淡淡的雨天

卻反映出深深的思念

---

[17] 同註6，頁200-201。

盈耳是斜的風
滿目是細斜的雨
儘管不成聲的蟬嘶
扯碎了往日情懷
而回憶中的影子
也在芰荷裡憔悴。

且更盈滿
這是時間在回憶中，
為你駐足，
我也是。

同樣的池邊柳樹
再也不聞同樣的腳步。
織不出少年時的濃濃的髮
和濃濃的夢[18]。

詩中以池水、斜雨、憔悴的芰荷建構灰陰的氛圍，並運用傳統詩詞中柳樹象徵的離別意象，以及少年時的髮絲，表現剪不斷、理還亂的愁思，在這易感傷的季節，道盡對從前的回憶和思念。

縱觀張秀亞詩作在描寫夏、秋兩季的詩句內容，其所使用的素材和修辭技巧皆有所不同。夏天多用肯定句和譬喻

[18] 同註6，頁482-483。

句，並以追溯示現的手法，詳細道出夏天的生活情形。如〈夏午〉「信差攜著柳蔭騎著碧油單車來了／一隻鴿子咕嚕著啄食牆頭莓苔」[19]，〈初夏之晨〉「草上無名小花笑得那麼鮮明／應和著送報人的輕快單車輪聲／亮藍天空也展開了雲的特刊」[20]，在〈夏日小唱〉「心中仍嵌著那片藍湖／湖水和詩句一樣的新鮮／微風裡有你清音的回聲／蓼花在湖畔搖曳出夏天。／朵朵白荷如你朵朵的笑／照亮了湖上的暮色」[21]的詩句，都表現出夏天的歡愉。

至於秋天則多使用疑問句和跳躍式的寫作筆法，藉由秋天傷感的氣氛，表達心緒的不確定和較為愁苦的一面。如〈秋夕〉「山徑是如此清冷／林木間蟲聲細碎，／何處飄來了一絲淡香？／可是夏日忘記的一朵薔薇？」[22]，又如〈秋暮〉一詩中「天已向晚／月光遲遲未現／可能呵月光已迷路？」[23]另外在〈秋天的詩〉裡寫秋天「是回憶之樹的葉片／抑是昨夜不墜的星辰？／或是迷路的月光雨點／在心湖中載浮載沉？」[24]從以上例句可以看出，其夏季和秋季的個別特色，以及詩人創作時的心緒起伏。

另外，有關張秀亞在春天和冬天的相關詩作雖然較少（春天3首，冬天1首），但也可以管窺其特色。春天是四季之始，〈春天的預言者〉和〈春天〉分別以鷓鴣鳥和杏花視

---

[19] 同註6，頁198。
[20] 同註6，頁272。
[21] 同註6，頁275-276。
[22] 同註6，頁69-70。
[23] 同註6，頁398-399。
[24] 同註6，頁464。

為春天的報信者，藉由春雨洗滌殘冬，寫出對春天的期盼，雨後生長出萬物的欣欣向榮，並在詩句中以美妙的鳥聲、田園的音樂、新綠的柳林開啟新的希望。在四季之末的冬天，使用桂花、菱茨的元素延續秋天，寫過往思念回憶的情緒，作者僅以〈初冬情懷〉留念，對比秋天詩作的鋪陳、推展，在冬天來臨的戛然而止，相對表現作者對冬天萬物俱寂的寥落。

春、夏、秋、冬四季雖然各有不同的描繪，但從中仍可找尋出使用共同意象的部分，包括雨、夢、回憶和記憶，皆是張秀亞在四季詩作常見的共同元素（參見表4、表5、表6）。

表4　張秀亞四季詩作「雨」的描繪一覽表

季節	詩名	內容
春	春的企盼	走進昔日我們那湖邊女生宿舍——那春雨樓頭的情景。
	春天的預言者	一陣神醪似的綿密微雨。
	春天	開在那迷濛的春雨樓頭。
夏	初夏	（要帶傘吧）——是否會有雷——陣雨？
	初夏之晨	石階猶帶著夜雨的溼味。
	夏之回想	聽過那個夏午池邊微雨的柳絲。 葉上的珠顆是雨的傑作。
秋	秋之抒情	眼眸中的星光一再被雨點鍍出。
	秋來	淡淡的雨天／卻反映出深深的思念。 滿目是細斜的雨。
	秋天的詩	或是迷路的月光雨點／在心湖中載浮載沉？
冬	初冬情懷	初冬的小雨背誦得多生澀呵——疏落的滴向我的耳際。

表5　張秀亞四季詩作「夢」的描繪一覽表

季節	詩名	內容
春	春天的預言者	冬天留下的夢影，乃化作殘星飛去。
	春天	開在我古老的鄉夢裡。
夏	夏午	窗內人在睡醒之間，晝夢乃薄如蝶翼
	夏日・秋天	舊夢在屋簷下柳蔭裡溫習著呢。
	初夏之晨	長巷中一夜不眠的路燈才去尋夢
	仲夏晝午	翩然的晝午之夢。
秋	秋池畔	明淨的秋池畔／是鄉夢結成的一片青萍
	湖水・秋燈	湖水・秋燈／裝飾了心中的風景／也裝飾了一個夢
	秋暮	紗窗前是我／窗內是秋天的夢影。 當秋花落盡／夢也逸去／花與夢／猶如／幸福和命運
	秋天的詩	有如晶亮的秋雲／飄漾於夢裡。
	秋之華	恍似重見一簇簇夢中顏色
	新秋—— 日曆告訴我： 八月八日立秋	激濺著夢中井水的清亮。
	秋情	芳草斜陽／裝飾著昔夢的影子。
	秋來	織不出少年時的濃濃的髮和濃濃的夢。
冬	初冬情懷	夢一般的——有如元曲小令

表6　張秀亞四季詩作「回憶、記憶」的描繪一覽表

季節	詩名	內容
春	春天	一片淺淺的粉白色／裝飾著我的春天／我的記憶。
夏	初夏	檀香扇搖落了芳香的回憶。
	仲夏晝午	一瞬間／你使我的回憶、幻思／化為澄明的飛動。
	夏之回想	讀書時夏天的荷池／乃恆久年輕的記憶。

秋	秋	可愛的回憶中的秋天，使她的心靈浸在秋光的金影裡。
	秋之抒情	回憶中的樹是長綠的／我珍愛記憶中那個爽朗的秋天
	新秋——日曆告訴我：八月八日立秋	擬在荷池的老魚吹浪中／網住回憶的浮萍。
	秋天的詩	是回憶之樹的葉片
	秋情	湖上蝕心的回憶。
	秋來	這是時間在回憶中

整體有關四季的描述，多以風雨、陽光、花卉等大自然景物為核心，藉景抒情，追憶過往單純生活和甜蜜回憶，並隨著四季景物的變化展現不同的情緒。春夏之際多用明顯具體的情節，回憶年少時的生活；秋冬之際多屬於情感式描寫青春的惆悵，前者多使用第一人稱獨白式口吻；後者多使用第二及第三人稱，或者用隱藏人稱的方式表現思緒。此外春、夏、秋、冬情緒營造也不盡相同，春、夏多是溫馨、夢幻式的少女情懷；秋、冬則多是緩慢、輕柔的呢喃。四季描摹的對象雖然整體看來差不多，但因為有細微的情緒差異，使得這些看似相同的東西，也隨著季節變化發展出不同的面貌。

額外值得關注的是，張秀亞深厚的外文訓練與閱讀興趣，也同樣呈現在她的四季新詩書寫。如〈仲夏晝午〉加註「吳爾芙夫人」的相關介紹；〈夏日小唱〉則加註「歌德」的詩句。類似的狀況，也可以在其他類型的詩作窺見，此亦也是張秀亞新詩創作的另一特色。

四、結論

瘂弦曾說：「在臺灣婦女寫作運動中，張秀亞無疑是一位重要的燃燈者。……以創作的實踐來體現自己的文學理念。」[25]是以其創作的實踐，自然也是其理念的印證。

張秀亞從小就喜愛大自然，也把對自然的愛好表現在作品裡，她曾說：「對詩，我有著刻骨鏤心的愛；至於愛自然，也為了那涼雲，暮葉，衰草，寒煙可以為我翻譯出詩的意蘊。」[26]在她現存的詩作中，大多屬於個人對自然景物的情感抒發與描摹。何欣曾評論她的詩作說：「大自然孕育了她那不羈的想像，她對大自然開始懷有一種神祕之感，激起了她寫作的靈感。」[27]張秀亞也曾表示：「詩原是一種綜合的藝術，它表現的是詩人對這個世界以及人生的讚美、詠歎、悲憫，總之，它要寫的是靈魂的震顫。」[28]她又說：「把現實的景物與作者豐富的想像相結合，而以含蓄的美的語言表達出來，有一種待讀者自行領會的含蓄意境，才是好詩。」[29]因此「她認為『作』的詩簡直不是詩，內容空洞，沒有生命，只是字的堆砌，不是情的凝聚。只有『寫』的詩才是憑直接靈感而

[25] 瘂弦，〈張秀亞，臺灣婦女寫作的燃燈人——從早期學思生活的發軔到「美文」創作版圖的完成〉，《文訊》第233期，2005年3月，頁47。

[26] 張秀亞，〈詩與我〉，《杏黃月》，頁97。

[27] 何欣，〈張秀亞的詩〉（代序），收錄於財團法人臺灣文學基金會編，《張秀亞全集15》，頁417。

[28] 張秀亞，〈序〉，收錄於白萩，《蛾之死》（臺北：藍星，1958），頁1。

[29] 張敬銘，〈張秀亞少年時代的詩〉，收錄於財團法人臺灣文學基金會編，《張秀亞全集15》，頁436。

產生，洋溢著深摯的情感。」[30]詩在她的生命中已不可分割，甚而說出：「我甚至不敢想像，沒有詩的心靈，沒有詩的生活，將是何等的幽暗可怕」[31]，是以「詩已成了我生活的一部份，詩已成為我自己的一部份。」[32]「詩的藝術也便是生活的藝術」[33]，是以其四季新詩的創作，也是如此的真摯實踐。

張秀亞充分結合理論以及自己對自然的喜愛，從情景交融的詩作，更能體會大自然是人的靈魂再現。因此其一般詩作有如此的形式與內容表現，而在她四季書寫的新詩創作中，同樣也有此以小見大的印證。

---

[30] 同註29。

[31] 同註26，頁100。

[32] 張秀亞，〈詩、生活〉，收錄於財團法人臺灣文學基金會編，《張秀亞全集5》，頁105。

[33] 張秀亞，〈少女的書・談詩〉，收錄於財團法人臺灣文學基金會編，《張秀亞全集3》，頁323-328。

向明詩作的形式特徵與內容意涵——以「詩選」為例

一、前言

該如何引介或選評一位創作超過五十年的詩人和他的作品呢？從1951年開始創作的向明，也正是如此的典型。以他在臺灣出版的個人中文詩集來看，從《雨天書》（1959）開始，到《狼煙》（1969）、《青春的臉》（1982）、《水的回想》（1988）、《隨身的糾纏》（1994）、《向明．世紀詩選》（2000），以及最近的《陽光顆粒》（2004），處處可見詩人的多樣面貌。此外，尚有散文、詩話、詩選、譯著、童話、童詩等超過三十本以上的專著，也呈現向明豐富的創作類型。

身為重要元老詩社——「藍星詩社」的核心人物，向明的詩作也不時呼應（或抗拒）這半個多世紀來，有關臺灣現代詩壇的堅持與遞變。他曾明確表示：「我視理論如敝履，決不跟著別人的笛音起舞。」、「我堅持以生活入詩，更以精鍊的生活語言來表現詩。」、「我尊敬每一位從事詩的創作者，我主張我們祇在詩藝上競爭。」[1]而這和他在《向明・世紀詩選》中，以手寫製版的卷首詩──〈蒲公英〉，也可互為因應。

把一生
一生中最美好的部份
嗶嗶落落的
隨風散盡之後
就擁有著光禿的自己
淨看
他人的形形色色了

就知道
就知道自己
只是大地任何一角
最最微不足道的
一株蒲公英
曾經努力生活過，也有
小小的付出[2]

這種「有所為、有所不為」的想法，正是向明卑微卻又崇高的堅持，然而詩人的想法與作為，在編選者的心中是否也

---

1 向明，〈向明詩觀〉，《向明・世紀詩選》（臺北：爾雅，2000），頁5。

2 向明，〈蒲公英〉，《向明・世紀詩選》，頁2-3。原刊於《水的回想》（臺北：九歌，1988），頁72-73。

能彼此符合，其實是另一個需要深入檢驗的問題。因此本文即以「詩選」為對象，檢驗向明在「詩選」中所呈現的形式特徵與內容意涵。

二、「詩選」的意涵與價值

文學社會學者埃斯卡皮（Robert Escarpit）認為：「所有文學活動都是以作家、書籍和讀者三者的參與為前題。總括來說，就是作者、作品及大眾藉著一套兼有藝術、商業、工技各項特質而又極其繁複的傳播操作，將一些身分明確（至少總是掛了筆名、擁有知名度）的個人，和一些通常無從得知身分的特定集群串連起來，構成一個交流圈。」[3]爰此，文化資源的分配與爭奪，也就成為誰能取得文化生產與消費主導的關鍵，而這些少數的權威聲音，往往能主導風潮，甚至影響大多數人的觀點。是以如葛蘭西（Antonio Gramsci）的「文化霸權」（culture hegemony）觀念，也表達出試圖支配者的強勢作為與旺盛慾念的可能，而典律的生成，也就成為實踐此一企圖的重要象徵。

在文學典律化的過程中，資源分配是最主要的核心關鍵，這也就是誰能取得主導文化生產與消費管道的問題。透過典律的形成與典範的塑造，極少數的權威聲音不僅能掌控潮流，同時也能影響大多數人的價值判斷，因此文學選的編輯與詩人所競逐的正是此一時空延伸的支配力。

[3] 葉淑燕譯，侯伯・埃斯卡皮（Robert Escarpit）著，《文學社會學》（臺北：遠流，1990），頁1。

「詩選」的編纂也可說是此一動機的具體表徵，因其對詩壇的權力運作、潮流風尚與個人創作，都會產生相當程度的影響。加上「詩選」都擁有固定的編輯理念和市場，因此詩選的行銷普遍就比個人詩集來得穩定。基本而言，「各種詩選的選材範圍各有不同，不過在詩作的揀選上，作品優劣應該是唯一的考量，而這也該是任何一本詩選所要極力標榜的首要原則。」[4]是以「詩選」的標竿作用，也就成為不同個人或族群表達思想的重要園地。

詩選的類型、種類繁多，諸如以主題內容掛帥的《反共抗俄詩選》、《情詩一百》，以詩社派系區隔的《龍族詩選》、《藍星詩選》，或是以年度斷代的《七十一年詩選》、《1982年臺灣詩選》，以及根據形式架構為準的《小詩選讀》、《可愛小詩選》等等，凡此以年齡、性別、形式、語言等特殊條件為選錄標準的各種詩選，一概不列入討論，且為考量時代上的質量需求，本研究將以1980年以後出版，並以具備：塑造經典、跨越時代、取樣普遍等原則的「詩選」，作為研究底本。

三、「詩選」中向明詩作的選錄狀況

依據之前明列的條件限制，本研究列入分析的「詩選」合計有18種，而其書名、編選者、出版者、出版年月，及其選錄向明詩作的相關狀況，亦一併統計如下（參見表1）：

[4] 林于弘，《臺灣新詩分類學》（臺北：鷹漢文化，2004），頁98。

表1　「詩選」中向明詩作選錄狀況一覽表

書名	編選者	出版者	出版年月	選錄詩作
感月吟風多少事 ——現代百家詩選	張默	臺北： 爾雅	1984.09	1.煙囪 2.巍峨 3.瘤
中國新詩賞析（二）	林明德 李豐楙 呂正惠 何寄澎 劉龍勳	臺北： 長安	1985.04	1.巍峨
現代中國詩選II	楊牧 鄭樹森	臺北： 洪範	1989.02	1.你之羅馬 2.野地上
中國現代詩	張健	臺北： 五南	1989.04	1.展 2.詩人 3.窗外 4.野菠蘿 5.馬尾松 6.一株自己
中國新詩淵藪（中） ——中國現代詩人與詩作	王志健	臺北： 正中	1993.07	1.啊！引力，昇起吧！ 2.富貴角之晨 3.門外的樹 4.蔦蘿 5.成人的憂鬱 6.時間 7.感覺中 8.他們手無寸鐵在血泊中
新詩三百首1917～1995（上）	張默 蕭蕭	臺北： 九歌	1995.09	1.午夜聽蛙 2.巍峨 3.湘繡被面
中華新詩選	中華民國新詩學會	臺北： 文史哲	1996.03	1.雨天書 2.富貴角之晨 3.菩提樹 4.車馳勝興 5.過國父紀念館
中華新詩選粹	中華民國新詩學會	臺北： 文史哲	1998.06	1.窗外的加德麗亞 2.盪秋千 3.隔海捎來一隻風箏

天下詩選II： 1923～1999臺灣	瘂弦	臺北： 天下文化	1999.09	1.隔海捎來一隻風箏
新詩讀本 ——臺灣現代文學教程	蕭蕭 白靈	臺北： 二魚文化	2002.08	1.午夜聽蛙 2.隔海捎來一隻風箏 3.捉迷藏
當代文學讀本 ——臺灣現代文學教程	唐捐 陳大為	臺北： 二魚文化	2002.08	1.吊籃植物
現代百家詩選 1952～2003（新編）	張默	臺北： 爾雅	2003.06	1.巍峨 2.瘤 3.革石篇
世紀新詩選讀	仇小屏	臺北： 萬卷樓	2003.08	1.黃昏醉了
現代詩精讀	游喚 徐華中	臺北： 五南	2003.09	1.東勢林場紀遊之一
中華現代文學大系（貳） ——臺灣1989～2003 詩卷（一）	白靈	臺北： 九歌	2003.10	1.跳房子 2.雛舞孃 3.隔海捎來一隻風箏 4.跳繩 5.捉迷藏 6.或人的記憶 7.秋天的詩 8.太師椅
現代新詩讀本	方群 孟樊 須文蔚	臺北： 揚智	2004.08	1.家 2.瘤
臺灣現代文選 ——新詩卷	向陽	臺北： 三民	2005.06	1.風波 2.捉迷藏
二十世紀臺灣詩選	馬悅然 奚密 向陽	臺北： 麥田	2005.08	1.富貴角之晨 2.瘤 3.蔦蘿 4.馬尼拉灣的落日 5.可能 6.滾鐵環

在前列18種的諸家詩選中，共選錄44首不同時期、不同類型的向明詩作，其中〈一株自己〉、〈太師椅〉、〈他們手無寸鐵在血泊中〉、〈可能〉、〈吊籃植物〉、〈成人的憂鬱〉、〈你之羅馬〉、〈車馳勝興〉、〈或人的記憶〉、

〈東勢林場紀遊之一〉、〈門外的樹〉、〈雨天書〉、〈秋天的詩〉、〈革石篇〉、〈風波〉、〈家〉、〈展〉、〈時間〉、〈馬尼拉灣的落日〉、〈馬尾松〉、〈啊！引力，昇起吧！〉、〈野地上〉、〈野菠蘿〉、〈湘繡被面〉、〈窗外〉、〈窗外的加德麗亞〉、〈菩提樹〉、〈黃昏醉了〉、〈感覺中〉、〈煙囪〉、〈詩人〉、〈跳房子〉、〈跳繩〉、〈過國父紀念館〉、〈滾鐵環〉、〈盪秋千〉、〈雛舞孃〉等37首單獨出現的詩作此不贅述；至於重複出現的〈隔海捎來一隻風箏〉、〈瘤〉、〈巍峨〉、〈捉迷藏〉、〈富貴角之晨〉、〈蔦蘿〉、〈午夜聽蛙〉等7首，則依其出現次數多寡排序，並詳列選錄「詩選」的名稱，一併呈現於下（參見表2）：

表2　「詩選」選錄向明詩作兩次以上之詩作及其對應「詩選」一覽表

次數	詩作名稱	選錄詩選名稱
4	隔海捎來一隻風箏	1.中華新詩選粹 2.天下詩選II：1923～1999 3.新詩讀本——臺灣現代文學教程 4.中華現代文學大系（貳） ——臺灣1989～2003詩卷（一）
4	瘤	1.感月吟風多少事——現代百家詩選 2.現代百家詩選1952～2003（新編） 3.現代新詩讀本 4.二十世紀臺灣詩選
4	巍峨	1.感月吟風多少事——現代百家詩選 2.中國新詩賞析（二） 3.新詩三百首1917～1995（上） 4.現代百家詩選1952～2003（新編）
3	捉迷藏	1.新詩讀本—臺灣現代文學教程 2.中華現代文學大系（貳） ——臺灣1989～2003詩卷（一） 3.臺灣現代文選——新詩卷

3	富貴角之晨	1.中華新詩淵藪（中）——中國現代詩人與詩作 2.中華新詩選 3.二十世紀臺灣詩選
2	蔦蘿	1.中華新詩淵藪（中）——中國現代詩人與詩作 2.二十世紀臺灣詩選
2	午夜聽蛙	1.新詩三百首1917～1995（上） 2.新詩讀本——臺灣現代文學教程

以上的〈隔海捎來一隻風箏〉與〈捉迷藏〉雖然是後出的作品，但是在晚近編選的「詩選」中，也得到不少關愛的眼光，至於〈富貴角之晨〉、〈瘤〉和〈巍峨〉，則屬於歷久彌堅的長銷之作。

四、「詩選」中向明詩作的形式特徵

就〈隔海捎來一隻風箏〉、〈瘤〉、〈捉迷藏〉、〈富貴角之晨〉、〈巍峨〉、〈蔦蘿〉、〈午夜聽蛙〉等7首在「詩選」中曝光度較高的詩作言，其分布的時間屬性、選錄於詩選的狀況，以及收錄於向明個人詩集的情形，其實也各有差異（參見表3）：

表3　「詩選」選錄向明重要詩作及其發表與收錄個人詩集狀況一覽表

詩作名稱	首次發表時間及刊物	收錄於向明詩集情形
富貴角之晨	1962.03，中華日報副刊	狼煙 向明．世紀詩選
瘤	1975.04.11，藍星季刊新三號	青春的臉 向明．世紀詩選
巍峨	1975.04.13，秋水詩刊第六期 1975中華日報副刊	青春的臉 向明．世紀詩選

蔦蘿	1977.07，秋水詩刊第十五期	青春的臉 向明．世紀詩選
午夜聽蛙	1987.07.02，聯合報聯合副刊 1987.09.15香港當代詩壇創刊號	水的回想 向明．世紀詩選
隔海捎來一隻風箏	1992.06.10，聯合報聯合副刊 1992.07藍星詩刊第三十二期	隨身的糾纏 向明．世紀詩選
捉迷藏	1993.09.14，中國時報人間副刊 1993.04，臺灣詩學季刊第四期	隨身的糾纏 向明．世紀詩選

就時間的分布情形言，〈富貴角之晨〉是60年代的作品，〈瘤〉、〈巍峨〉、〈蔦蘿〉則是70年代中期的作品，〈午夜聽蛙〉是80年代的作品，〈隔海捎來一隻風箏〉和〈捉迷藏〉則是90年代前期的作品。總的來看，從60到90年代，向明各有不同的代表作入選，可見其創作的延續與精進。

再就發表的刊物來看，《中華日報》、《聯合報》、《中國時報》等報紙副刊，以及《藍星》、《秋水》與《臺灣詩學》等詩刊，是向明入選「詩選」作品的主要出處，而這也和他平時習慣發表作品的園地相互呼應。

最後，有關這些詩作收錄於向明個人詩集的情形為：《狼煙》1首，《青春的臉》3首，《水的回想》1首，《隨身的糾纏》2首。另外，在上世紀末出版的《向明．世紀詩選》則收錄此處全部的7首詩作，可見這7首詩不僅僅受到編選者的青睞，作者自身對於這些作品的認同，也是顯而易見的。

不過，有關向明新作《陽光顆粒》（2004）尚未見收錄相關詩作的原因，應該是時間問題。一般詩作從發表、出版到被討論、重視，往往需要不少時間的淘汰洗選，因此「詩選」所呈現的詩人作品，往往也是詩人已經備受肯定的「舊作」，所以在一般具有經典企圖的大型詩選中，詩人的新作往往相對罕見，因此詩選和詩人的新作很容易呈現「時間差」的遲延現象，這在拉長整體的觀察時間之後，就能明瞭這個因時間差異所衍生的問題。

接下來，再從〈富貴角之晨〉、〈瘤〉、〈巍峨〉、〈蔦蘿〉、〈午夜聽蛙〉、〈隔海捎來一隻風箏〉、〈捉迷藏〉等7首詩作，在形式特徵的部分，分別加以解析（參見表4）：

表4 「詩選」選錄向明重要詩作之段數、行數一覽表

詩作名稱	形式特徵
富貴角之晨	4+4+4+4=16
瘤	5+1+4+10+6=26
巍峨	10+8=18
蔦蘿	3+3+5+4=15
午夜聽蛙	33+3=36
隔海捎來一隻風箏	10+10+10=30
捉迷藏	3+3+3+3+3+4=19

有關形式特徵的部分，以下將從段數、行數，及用韻等部分，分別進行分析。首先在分段的部分，這7首詩作最少分兩段，最多則分六段；至於行數的部分，最多是36行，最少是15行。此外，有關分段的部分，這7首詩作各有不同。如〈富貴角之晨〉是全詩四段，每段4行的整齊形式，而其句末的「近、雲、銀、伸、鏡、重、明、夢、晨、程」，也可見嘗試以「ㄣ、ㄥ」用韻的企圖。

〈捉迷藏〉同樣是形式雷同的結構，前五段每段都是3

行，每段的第1行都是「我要讓你看不見」，至於各段第1、3行的末尾分別是：「見、剪，見、煙，見、欠，見、顏，見、天」，押「ㄢ」韻的意圖非常明顯，甚至最後一段以「終究，這世界還是太小／一轉身就被你看見了／你將我俘虜／用盡所有傳媒的眼線」[5]總結，似乎也考慮聲情的要求。

〈隔海捎來一隻風箏〉共分三段，每段10行也相當整齊，這三段的第1行分別是：「就讓自己再年輕一次吧」、「可能嗎？再一次年輕」、「可能嗎？也許可以再一次年輕」，這也屬於「換句話說」的變化。另外，其句末使用「箏、鵬、重、輕、撐、聲、箏、沉、辰、引、輕、坪、影、靈、箏、睛」，也可以看出向明嘗試用「ㄥ、ㄣ」韻的痕跡。

〈午夜聽蛙〉一詩共36行，但是前35行卻都以「非」字開頭，進行連串的否定辯證：

非吳牛
非蜀犬
非悶雷
非撞針與子彈交媾之響亮
非酒後怦然心動之震驚
非荊聲
非楚語
非秦腔

[5] 向明，〈捉迷藏〉，《向明・世紀詩選》，頁120。原刊於《隨身的糾纏》（臺北：爾雅，1994年），頁188。

非火花短命的無聲噗哧

非瀑布冗長的串串不服[6]

這種排比的句型結構，具有連續複沓的效果，也可以看出作者的巧心安排。同樣的，〈蔦蘿〉第三段也運用排比和重複的技巧：

以破瓦缽為家

以防盜窗當天梯

以紅色的小喇叭花吹出

向上

向上[7]

至於〈巍峨〉的首段，也可以看見類似的安排：

我吞砂石

我嚼水泥

我大桶大桶的喝水

我是那巨口大腹的

攪拌機

吃一切硬的

粗糙的

[6] 向明，〈午夜聽蛙〉，《向明・世紀詩選》，頁90。原刊於《水的回想》，頁159-160。

[7] 向明，〈蔦蘿〉，《向明・世紀詩選》，頁47-48。原刊於《青春的臉》（臺北：九歌，1982），頁86。

未曾消毒的
在不停的忙碌中
在不停的歌唱中[8]

以上局部使用排比重複的字詞語句，也經常可以在向明其他的詩作中呈現，這也是他非常喜歡的一種表達方式。另外，有關對比形式的建構，則可以從〈瘤〉得到印證：

我吸取天地之精華
你吸取我
我口含閃電
你發出雷鳴
我胸中藏火
你燃之成燈[9]

作者利用「你」「我」之間的對比，也可以加深論證的深廣度，並藉以提升詩作的張力，而這些看似平常的段落結構與字句安排，也正是向明看似平凡詩作中的不平凡特色。

整體而言，向明詩作在形式特徵的部分並不明顯，在分段或行數的設計上，他並不著重外在形式的刻意經營，而是配合詩作的意義或情境，搭配不同的段數或行數安排。至於在押韻和修辭技巧的部分，向明雖不強求押韻，也不刻意迴避，但是在必要的時候，他也經常選擇用韻，畢竟「詩如有韻味，會

[8] 向明，〈巍峨〉，《向明・世紀詩選》，頁45。原刊於《青春的臉》，頁41-42。
[9] 向明，〈瘤〉，《向明・世紀詩選》，頁43。原刊於《青春的臉》，頁39-40。

使人自動去親近詩，也易於記憶。」[10]另外在修辭的部分，重複與排比的形式經營，也是向明詩作常見的特色。

五、「詩選」中向明詩作的內容意涵

有關向明〈富貴角之晨〉、〈瘤〉、〈巍峨〉、〈蔦蘿〉、〈午夜聽蛙〉、〈隔海捎來一隻風箏〉、〈捉迷藏〉等7首詩作，在內容意涵上普遍具有「託物興寄」的特色。〈富貴角之晨〉是其中唯一的寫景詩作，從「伸右手出去，右首是／太平洋，一大片薄薄的銀／當你無意的一伸／可以撈起一方湛藍的菱鏡」[11]的寫景筆法，表現也非常亮麗。至於「直到讀遍了滿滿的一頁早晨／才輕快地握著今天啟程」[12]的結尾，則展現作者積極樂觀、奮發進取的精神。

〈瘤〉也是向明早期非常知名的詩作，由「你是潛藏於體內的／欲除之後快的／那一種瘤」破題，以造成讀者的「誤解」，但是作者把寫詩的習慣和如瘤的絕症相比擬，直到末尾：

最後，你無非是

要把我瘦成一張薄薄的紙

紙上的一些什麼

凡掃過的日月

---

10 向明，〈音容俱杳說新詩〉，《藍星詩學》第7期，2000年9月，頁3。

11 向明，〈富貴角之晨〉，《向明・世紀詩選》，頁26。原刊於《狼煙》（臺北：純文學，1969），頁64-65。

12 同註11，頁65。

競相含淚驚呼

這才是詩[13]

這才一舉闡明寫詩的艱辛，並闡釋寫詩為何也是「久年無法治癒的絕症」。如此「詩」與「病」的辯證似同又異、似異又同，更可以讓讀者明白寫詩的嘔心瀝血的艱苦，以及類似絕症般不可救藥的難以自拔。

〈巍峨〉也是一種由實而虛的寫法，具體的內容是在表現「攪拌機」的豪邁氣勢，以及其對現代建設的具體成就感，而這在工業極度發展的臺灣都市來說，更讓我們有一種莫名的感慨與感動：

拔地而起

堂皇硬朗的一種

佔領

它的名字叫做

巍峨[14]

作者透過問答的技巧，建構「巍峨」的形象，並且以鏡頭跳接的手法，呈現「拔地而起／堂皇硬朗的一種／佔領」的突兀，令人對文明的力量感到驚訝讚嘆。

至於〈蔦蘿〉則是一首歌詠植物的詩作，作者藉由一株纖弱蔦蘿的強韌生命意志，呈現積極成長提升的力量，「以紅

13 向明，〈瘤〉，《向明‧世紀詩選》，頁43-44。原刊於《青春的臉》，頁40。

14 向明，〈巍峨〉，《向明‧世紀詩選》，頁45。原刊於《青春的臉》，頁41-42。

色的小喇叭花吹出／向上／上向」三句看似樂觀，但是結尾「而你居然不知道／上面是四樓／即使是月落／也亮麗在老遠」，卻表現出另一種無知的蒼涼，令人不勝欷噓。

〈午夜聽蛙〉在形式設計和內容安排上，皆有作者獨具的慧心。首先，這是一首因聽覺所引發的思維辯證。向明選取諸多的典故及傳說後加以排除，表現天地間各種聲音的展現。「這些看似枯燥的否定辯證，便是向明『以小見大』的超凡技巧，透過微不足道的『蛙聲』所獲致的體會，這其實便是詩人對生命歷程的質疑與論辯。」[15]至於最後的

非惟夜之如此燠熱

非得有如此的

不知所云[16]

這不但翻轉了之前漫長的種種假設，也讓天地萬物的歸類屬性，回到最原始的狀態。蛙聲畢竟只是蛙聲，詩人的徒勞費神，也許是一種不合時宜的暗示，於是當一切回到原點，所有的不知所云似乎也變得理直氣壯了。

〈隔海捎來一隻風箏〉的寫作有其特殊時空人物及背景，作者在附註自言：「海峽對岸同名詩人向明，最近托人捎我一隻風箏，未附任何言語，揣度其用意，遂成此詩，聊作答謝。」這也是一首詠物言志的詩，首段「暗示得好深長的一分

---

[15] 方群，〈長洲孤月向誰明？──《談向明：世紀詩選》〉，《藍星詩學》第8期，2000年12月，頁145。

[16] 向明，〈午夜聽蛙〉，《向明・世紀詩選》，頁90。原刊於《水的回想》，頁159-160。

期許／儼然，年輕時遺落的飛天大志」，寫青年時不知天高地闊的豪情。次段「起落升沉了多少次起落升沉／居高不墜總羡日月星辰／愛恨割捨不了的是／那些拘絆拉扯的牽引」，寫中年飄泊羈絆的無奈感慨。末段「所有的啄喙，所有的箭矢／就請對準這隻老不折翼的風箏／看牠幾番騰躍，一路揚升而上／看牠一個俯衝下去，從此捨身下去」則是自身氣力不逮的感今傷昔。這首創作一方面是有自勉勉人的答贈意義，另一方面也是對理想與現實的感慨，作者在詠物的同時，也投注個人深刻的感情，交融物我之間的密切情懷。

〈捉迷藏〉則是向明「遊戲系列」的作品之一（〈跳繩〉、〈盪鞦韆〉），這首詩是以「我要讓你看不見」當成每一段的第1行，表現出捉迷藏的遊戲本質。接著作者依序以「連影子也不許露出尾巴／連呼吸也要小心被剪」、「把所有的名字都塗成漆黑／讓詩句都悶成青煙」、「絕不再伸頭探看天色／縮手拒向花月賒欠」、「用蟬噪支開你的窺視／以禪七混淆所有的容顏」、「像是鳥被卸下翅膀／有如麥子俯首秋天」，分別安排「躲藏」的要件，然而這諸多的努力，卻因為

終究，這世界還是太小
一轉身就被你看見了
你將我俘虜
用盡所有傳媒的眼線[17]

[17] 向明，〈捉迷藏〉，《向明・世紀詩選》，頁120。原刊於《隨身的糾纏》，頁188。

這裡一語道破「我」的無所遁逃於「傳媒的眼線」。由此反觀，世界不大、傳媒太多，所以沒有躲藏的空間，這可能是詩人寫作的巧合，但更可能是向明有意的反諷。

就以上的詩作觀察，不論是在題材的選擇，布局的安排，或是意象的建構等等，都能塑造詩人平易樸實的作品內容及寫作風格。

六、結論

詩是一個人思想情緒的無聲表達。而人的思想情緒又莫不受其周遭的一切變化而起波動。[18]

就「詩選」中的向明系列詩作觀察，在形式特徵方面，向明雖不致力於塑造形式或格律上的特色，但是當某些需求存在時，也不會刻意迴避形式及格律的規範。他曾明確指出：「我們今天的現代詩會落到人人見而畏之，人人都對之莫測高深，便是詩人太過自由的結局。」[19]因此利用押韻，或是結合排比、重疊等修辭技巧，以營造詩作聲韻或內容的意義，也經常可以在向明的詩作中發現。向明自己也認為：「一首詩的完成，準確與新鮮是追求的兩大重點。所謂：『語不驚人死不休』也不外乎是求準確求新鮮。」[20]他是這個理想的服膺者，也是這個理想的追求者。

---

[18] 向明，〈後記〉，《水的回想》（臺北：九歌，1988），頁175-176。

[19] 同註10，頁4。

[20] 向明，〈向明詩觀〉，《向明・世紀詩選》，頁5。

至於在內容意涵的部分，向明喜歡採取生活周遭的類型題材以入詩，並往往從具體的外在物象，逐步延伸向內在心靈的探索。方群認為：「向明的語言以『清淨平淡』為宗，作品也多以生活體驗為主。」[21]陶保璽也認為：「他善於在抒情性的敘事之中，以清明、簡練、頗具詩趣的語言出之，將靈魂寫真，容涵於讀者對詩的審美語言感悟之中。」[22]至於沙穗則表示：「向明的詩表面上看，文字平淡、結構稀鬆……他的詩絕非『單純的平淡』。換句話說，平淡只是他表現技巧的一種方式。」[23]向明自己也明言：「……對世事的敏銳度，對美醜的分別心，對弱勢的關懷感，一點也未因體能老化而遲鈍，這些仍是我詩意象處理的基本素材。」[24]是以「向明用歲月所提煉的生活體驗，反而更能禁得起時間的考驗，而散發出成熟的芳香與智慧。這些細火慢燉的詩作，也許沒有太多的辛辣刺激，但是在看似樸拙平凡的內容和技巧，卻蘊藏著更多值得品味的咀嚼。」[25]

基本而言，本研究是以抽樣的方式，管窺向明詩作的奧祕，雖然取樣的數量不多，但是這些被歷來「詩選」反覆錄用的作品，應該也可以在向明超過五十年的創作長卷中，留下最醒目的標誌與紀錄。

---

[21] 同註15。

[22] 陶保璽，〈張望青春的臉，原是一隻老不折翼的風箏——對向明詩作內蘊及藝術探索的掃瞄與賞鑒（下）〉，《藍星詩學》第8期，2000年12月，頁196。

[23] 沙穗，〈時間長廊——談《青春的臉》〉，《臺灣新聞報・西子灣副刊》，1982年12月16日。

[24] 向明，〈為詩奮起為詩狂〉，《陽光顆粒》（臺北：爾雅，2004），頁18。

[25] 同註15，頁144-145。

「詩選」中的管管詩作及其特色

一、前言

管管（1929～），本名管運龍，山東省膠東（青島市）人，1929年8月9日生，動亂中隨軍來臺。曾任排長、參謀、左營軍中電臺記者、花蓮軍中廣播電臺記者、節目主任、編輯，節目製作人。寫作正式發表於60年代初期，並於1965年加入「創世紀詩社」。其創作除新詩之外，亦擅長散文及其他類型藝術，並曾多次參與電影、電視及舞臺劇的演出，為臺灣少見的多棲藝術家，1982年赴美參加愛荷華大學「國際作家工作坊」訪問，1998年曾接任「創世紀」社長，曾獲香港現代文學美術協會新詩獎，第二屆中國現代詩獎。著有詩集：《荒蕪之臉》（1972）、《管管詩選》（1986）、《管管．世紀詩選》（2000）、《管管短詩選》（2002）、《腦袋開花——奇想花園66朵》（2006）、《茶禪詩畫》（2006）（參見表1），及其他各種著作。

表1　管管出版詩集一覽表

次序	詩集名稱	出版項
1	荒蕪之臉	臺中：普天出版社，1972.01
2	管管詩選	臺北：洪範書店，1986.01
3	管管・世紀詩選	臺北：爾雅出版社，2000.07
4	管管短詩選	香港：銀河出版社，2002.06
5	腦袋開花——奇想花園66朵	臺北：商周出版公司，2006.05
6	茶禪詩畫	臺北：爾雅出版社，2006.09

身為重要元老詩社——「創世紀詩社」的重要人物，管管的詩作呈現著多樣豐富的個人色彩。他曾說：「詩也許是吾的一些日記，吾的一些年輪，吾的一些滄桑，吾的一些感動，吾的一些寂寞，吾的一些喜悅，吾的一些惆悵，吾的一些茫然，吾的一些憤怒，吾的一些瘋狂，吾的一些感傷，吾的一些狂喜，吾的一些淚，吾的一些笑，吾的一些私語，吾的一些淒涼，吾的一些虛無，吾的一些感激，吾的一些悲壯！」[1]

這些在《管管詩選》中的情緒展現，也正是詩人對詩的真誠告白。

二、「詩選」的意涵與價值

文學社會學者埃斯卡皮認為：「所有文學活動都是以作家、書籍和讀者三者的參與為前題。總括來說，就是作者、作品及大眾藉著一套兼有藝術、商業、工技各項特質而又極其繁複的傳播操作，將一些身分明確（至少總是掛了筆名、擁有知

[1] 管管，〈自序〉，《管管詩選》（臺北：洪範，1986），頁5。

名度）的個人，和一些通常無從得知身分的特定集群串連起來，構成一個交流圈。」[2]，是以文化資源的分配與爭奪，也就成為誰能取得文化生產與消費主導的關鍵，而這些少數的權威聲音，往往能主導風潮，甚至影響大多數人的觀點。畢竟，

> 在文學典律化的過程中，資源分配是最主要的核心關鍵，這也就是誰能取得主導文化生產與消費管道的問題。透過典律的形成與典範的塑造，極少數的權威聲音不僅能掌控潮流，同時也能影響大多數人的價值判斷，因此文學選的編輯與詩人所競逐的正是此一時空延伸的支配力。[3]

「詩選」的編纂也可說是此一動機的具體實踐。加上「詩選」都擁有固定的編輯理念和市場，詩選的行銷普遍就比個人詩集來得穩定。基本而言，「各種詩選的選材範圍各有不同，不過在詩作的揀選上，作品優劣應該是唯一的考量，而這也該是任何一本詩選所要極力標榜的首要原則。」[4]是以「詩選」的標竿作用，也就成為不同個人或族群表達思想的重要園地。

然而詩選的類型、種類繁多，為考量整體的質量需求，本研究將以1980年以後出版，排除以特殊條件（如性別、形

---

[2] 侯伯・埃斯卡皮（Robert Escarpit）著，葉淑燕譯，《文學社會學》（臺北：遠流，1990），頁1。

[3] 林于弘，《台灣新詩分類學》（臺北：鷹漢，2004），頁100。

[4] 同註3，頁98。

式、語言……）為選錄標準的詩選，僅以具備塑造經典、跨越時代、取樣普遍等原則的「詩選」為研究底本，並據此檢驗管管詩作在「詩選」所呈現的意涵與特色。

三、「詩選」中管管詩作的選錄狀況

依據之前列出的限制條件，本研究列入分析的「詩選」計有21種，而其書名、編選者、出版者、出版年月，及選錄管管詩作的相關狀況，亦一併統計如下（參見表2）。

表2 「詩選」中管管詩作選錄狀況一覽表

書名	編選者	出版者	出版年月	選錄詩作
當代中國新文學大系	瘂弦	臺北：天視	1981.08	1.闊邊草帽 2.扇 3.春天像你你像煙煙像吾吾像春天 4.梨樹 5.馬臉 6.空原上之小樹呀 7.臉 8.缸
聯副三十年文學大系——詩卷抒情傳統	聯副三十年文學大系編輯委員會	臺北：聯合報	1982.06	1.會說故事的手——賀聾劇團 2.山野 3.禽 4.雪 5.陶潛圖
感月吟風多少事——現代百家詩選	張默	臺北：爾雅	1984.09.	1.在Y·M·鎮上一個春天的早上 2.缸 3.臉 4.荷

創世紀詩選	瘂弦等	臺北：爾雅	1984.09	1.在Y．M．鎮上一個春天的早上 2.住在大兵隔壁的菊花 ——給我的大兵們做紀念 3.三朵紅色的罌粟花 ——悼亡友Y．M． 4.滿臉梨花詞 5.金門一個明朝小村裡的 那棵梨花
中國現代詩	張健	臺北：五南	1984.01	1.向日葵與煙 2.荒蕪之臉 3.春歌 4.臉
中國現代文學選集	齊邦媛	臺北：爾雅	1985.11	1.四方的月亮——贈明芝弟 2.春歌 3.水薑花 4.少女 5.臉 6.荷 7.青蛙
千曲之島：臺灣現代詩選	張錯	臺北：爾雅	1987.07	1.邋遢自述 2.兩個箱子——紀念父母親
現代中國詩選Ｉ	楊牧 鄭樹森	臺北：洪範	1989.02	1.春天坐著小河從山裏來 2.蟬聲這道菜
中華現代文學大系——臺灣1970～1989詩卷（一）	張默	臺北：九歌	1989.05	1.古剎 2.空原上之小樹呀 3.臉 4.荷 5.缸 6.魚 7.春天坐著小河從山裏來 8.邋遢自述 9.陶潛圖 10.板凳一條之崩 11.斑鳩詞
小詩三百首	羅青	臺北：爾雅	1980.06	1.藍色水手 2.少女 3.火柴 4.鵝
中國新詩淵藪（中）——中國現代詩人與詩作	王志健	臺北：正中	1993.07	1.闊邊草帽 2.春天像你你像煙煙像吾 吾像春天 3.臉 4.空原上之小樹呀

創世紀詩選 1984～1994（第二集）	辛鬱	臺北：爾雅	1994.08	1.三隻白犬 2.讀史 3.虎頭 4.一首那麼難寫的詩
新詩三百首 1917～1995（上）	張默 蕭蕭	臺北：九歌	1995.09	1.空原上之小樹呀 2.荷 3.缸
可愛小詩選	向明 白靈	臺北：爾雅	1997.11	1.斜眼
天下詩選II：1923～1999臺灣	瘂弦	臺北：天下文化	1999.09	1.青蛙案件物語
二十世紀臺灣詩選	馬悅然 奚密 向陽	臺北：麥田	2001.10	1.老鼠表弟 2.饕餮王子 3.長街 4.說一部「秋冬收脂後無疤無節上等梨木乾隆版木刻大藏經」的閒話
臺灣現代文學教程：新詩讀本	蕭蕭 白靈	臺北：二魚文化	2002.08	1.過客 2.荒蕪之臉 3.缸
中華現代文學大系（貳）——臺灣1989～2003詩卷（一）	余光中 白靈	臺北：九歌	2003.10	1.螞蟻 2.黃昏裡的廟之黃昏——望岱廟有感 3.子子孫孫孫子子孫孫孫子子 4.說一部「乾隆版木刻大藏經」的閒話（同：說一部「秋冬收脂後無疤無節上等梨木乾隆版木刻大藏經」的閒話） 5.青藤書屋那根青藤 6.青蛙案件物語 7.推窗
世紀新詩選讀	仇小屏	臺北：萬卷樓	2003.08	1.滿臉梨花詞
現代新詩讀本	方群 孟樊 須文蔚	臺北：揚智	2004.08	1.星期日的早晨 2.春天像你你像煙煙像吾吾像春天 3.荷 4.臉
臺灣現代文選——新詩卷	向陽	臺北：三民	2005.06	1.空原上之小樹呀 2.荷

在前列21種諸家詩選中，共選錄54首不同時期、不同類型的管管詩作，其中〈闊邊草帽〉、〈扇〉、〈梨樹〉、〈馬臉〉、〈會說故事的手—賀聾劇團〉、〈山野〉、〈禽〉、〈雪〉、〈陶潛圖〉、〈在Y·M·鎮上一個春天的早上〉、〈住在大兵隔壁的菊花—給我的大兵們做紀念〉、〈三朵紅色的罌粟花—悼亡友Y·M·〉、〈滿臉梨花詞〉、〈金門一個明朝小村裡的那棵梨花〉、〈向日葵與煙〉、〈荒蕪之臉〉、〈春歌〉、〈四方的月亮—贈明芝弟〉、〈水薑花〉、〈少女〉、〈青蛙〉、〈邋遢自述〉、〈兩個箱子—紀念父母親〉、〈春天坐著小河從山裏來〉、〈蟬聲這道菜〉、〈古剎〉、〈魚〉、〈板凳一條之崩〉、〈斑鳩詞〉、〈藍色水手〉、〈火柴〉、〈鵝〉、〈三隻白犬〉、〈讀史〉、〈虎頭〉、〈一首那麼難寫的詩〉、〈斜眼〉、〈青蛙案件物語〉、〈老鼠表弟〉、〈饕餮王子〉、〈長街〉、〈說一部「秋冬收脂後無疤無節上等梨木乾隆版木刻大藏經」的閒話〉（〈說一部「乾隆版木刻大藏經」的閒話〉）、〈過客〉、〈螞蟻〉、〈黃昏裡的廟之黃昏—望岱廟有感〉、〈子子孫孫孫子子孫孫孫子子〉、〈青藤書屋那根青藤〉、〈推窗〉、〈星期日的早晨〉等49首，在「詩選」中只被收錄一次或二次的詩作，以下將不列入討論。至於重複出現三次（含）以上的〈臉〉、〈荷〉、〈空原上之小樹呀〉、〈缸〉、〈春天像你你像煙煙像吾吾像春天〉等5首，則依其出現多寡排列，並將選錄的諸家詩選名稱一併呈現於下（參見表3）。

表3　「詩選」選錄管管詩作三次以上之詩作及其對應「詩選」一覽表

次數	詩作名稱	選錄之詩選名稱
7	臉	1.當代中國新文學大系 2.感月吟風多少事——現代百家詩選 3.中國現代詩 4.中國現代文學選集 5.中華現代文學大系臺灣1970～1989詩卷（一） 6.中國新詩淵藪（中）——中國現代詩人與詩作 7.現代新詩讀本
6	荷	1.感月吟風多少事——現代百家詩選 2.中國現代文學選集 3.中華現代文學大系臺灣1970～1989詩卷（一） 4.新詩三百首1917～1995（上） 5.現代新詩讀本 6.臺灣現代文選——新詩卷
5	空原上之小樹呀	1.當代中國新文學大系 2.中華現代文學大系臺灣1970～1989詩卷（一） 3.中國新詩淵藪（中）——中國現代詩人與詩作 4.新詩三百首1917～1995（上） 5.臺灣現代文選——新詩卷
5	缸	1.當代中國新文學大系 2.感月吟風多少事——現代百家詩選 3.中華現代文學大系臺灣1970～1989詩卷（一） 4.新詩三百首1917～1995（上） 5.臺灣現代文學教程：新詩讀本
3	春天像你你像煙 煙像吾吾像春天	1.當代中國新文學大系 2.中國新詩淵藪（中）——中國現代詩人與詩作 3.現代新詩讀本

在這5首被多次重複選錄的詩作中，〈缸〉發表於《幼獅文藝》第34卷第1期（1971年7月），〈空原上之小樹呀〉發表於《詩宗》第一號《雪之臉》（1971年1月），至於其他3首詩作的完成，應該也都在前後不久的時間。

是以就創作發表的時間言，〈臉〉、〈荷〉、〈空原上之小樹呀〉、〈缸〉、〈春天像你你像煙煙像吾吾像春天〉這5首應該都屬於管管早期的詩作。然而以一個創作不輟的詩人來說，詩選的選錄偏向管管早期詩作的原因究竟何在？這實在是一個值得思考的問題。

考察管管新作未見大量收錄於相關詩選的原因，除了編輯的偏愛，或是詩人作品前後差異不大等因素之外，最主要的應該還是時間問題。

> 一般詩作從發表、出版到被討論、重視，往往需要不少時間的淘汰洗選，因此「詩選」所呈現的詩人作品，往往也是詩人已經備受肯定的「舊作」，所以在一般具有經典企圖的大型詩選中，詩人的新作往往相對罕見，因此詩選和詩人的新作很容易呈現「時間差」的遲延現象，這在拉長整體的觀察時間之後，就能明瞭這個因時間差異所衍生的問題[5]。

舊作傳世久遠，自然有較多的收錄機會，且也容易留下相對深刻的印象，因此詩選偏好選錄舊作，也並非是管管的個別，這也是頗為常見的一般問題。

另外，再就〈臉〉、〈荷〉、〈空原上之小樹呀〉、〈缸〉、〈春天像你你像煙煙像吾吾像春天〉這5首在「詩選」中曝光度較高的詩作言，其收錄於管管個人詩集的對應情

---

[5] 林于弘，〈向明詩作中的的現象與意涵〉，《儒家美學的躬行者：向明詩作學術研討會論文集》（臺北：萬卷樓，2007），頁80。

形，似乎也含有「詩選」的選詩標準與作者互相影響的特殊意義（參見表4）。

表4　「詩選」選錄管管重要詩作及其收錄於個人詩集一覽表

詩集／題名	荒蕪之臉	管管詩選	管管・世紀詩選	管管短詩選	茶禪詩畫	腦袋開花——奇想花園66朵
臉	V	V	V			
荷	V	V	V			
空原上之小樹呀	V	V	V			
缸	V	V	V	V		
春天像你你像煙煙像吾吾像春天	V	V	V			

就以上這5本詩集的選錄狀況來看，《茶禪詩畫》與《腦袋開花——奇想花園66朵》同為2006年的新作，被「詩選」收錄的可能自然不高；《管管短詩選》以短詩為準，加上是在香港出版，只收錄〈缸〉1首也不令人意外。至於《荒蕪之臉》、《管管詩選》和《管管・世紀詩選》都屬於個人作品的收錄，因此與「詩選」的相關自然較為密切。只是這5首較常收錄於「詩選」的詩作，不僅完全出現在1972年出版的《荒蕪之臉》，也同樣出現在1986年出版的《管管詩選》和2000年出版的《管管・世紀詩選》之中。可見這5首詩不僅僅受到編選者的青睞，作者對於這些作品的認同，也是顯而易見的。而從早期的「被選」到後期的「自選」，也可以看見詩人、詩作與「詩選」間的巧妙互動。是以編選者對於管管詩作的重點何在，也許有不同的想法，但是在長時間的積累之

後，編選者對於作者的「制約」，似乎也會形成一般評論者或讀者對詩人及其詩作的制式看法。

四、「詩選」中管管詩作的內容與特色

以下將以〈臉〉、〈荷〉、〈空原上之小樹呀〉、〈缸〉、〈春天像你你像煙煙像吾吾像春天〉這5首詩作的內容與特色，分別進行解析與研究。

詩選中最常選錄的管管詩作是〈臉〉，這首詩共兩段，前段8行，後段2行，合計10行。在前段的8行中，前後行均是以重複的字語詞句相互銜接。

> 愛戀中的伊是**一柄春光燦爛的小刀**
>
> **一柄春光燦爛的小刀**割著吾的肌膚
>
> 被割之樹的肌膚誕生著一簇簇**嬰芽**
>
> 伊那**嬰芽**的手指是一柄柄春光燦爛的小刀
>
> 一葉葉春光燦爛的小刀上開著**花**
>
> 一滴滴紅**花**中結著一張張青果
>
> 一張張痛苦的果子是吾**一枚枚的臉**
>
> 吾那**一枚枚的臉**被伊那一柄柄春光燦爛的小刀[6]

經過這樣的分析，確實是可以看出行與行之間的重疊與銜接，但若以詩意的考索來看，則以另一種的方式重新切

[6] 管管，《管管詩選》（臺北：洪範，1986），頁106。

割，或許可以看出另一種的樣貌。

愛戀中的伊是**一柄春光燦爛的小刀**
一柄春光燦爛的小刀割著吾的肌膚

被割之樹的肌膚誕生著一簇簇嬰芽
伊那嬰芽的手指是**一柄柄春光燦爛的小刀**

一葉葉**春光燦爛的小刀**上開著花
一滴滴紅花中結著一張張青果
一張張痛苦的果子是吾一枚枚的臉

吾那一枚枚的臉被伊那**一柄柄春光燦爛的小刀**

割著！
割著！[7]

以這樣的區隔來看，前4行「愛戀中的伊是一柄春光燦爛的小刀／一柄春光燦爛的小刀割著吾的肌膚」與「被割之樹的肌膚誕生著一簇簇嬰芽／伊那嬰芽的手指是一柄柄春光燦爛的小刀」都顯示出愛戀的苦痛與來源。第5-7行的排比層遞句具有說明及強化的作用，於是從第1句的「愛戀中的伊是一柄春光燦爛的小刀」直接轉到第8句「吾那一枚枚的臉被伊那一柄

[7] 同註6。

柄春光燦爛的小刀」，再加上次段的「割著！／割著！」便已闡明詩人對愛戀的期待喜悅及傷害痛苦的兩極考驗。

〈荷〉是管管詩作中被選錄頻率次高的作品，這也是1首完全利用對話形式所營造的精緻短篇，全詩共6行，不分段。

「那裡曾經是一湖一湖的泥土」
「你是指這一地一地的荷花」
「現在又是一間一間沼澤了」
「你是指這一池一池的樓房」
「是一池一池的樓房嗎」
「非也，卻是一屋一屋的荷花了」[8]

此處利用雙向對話的論辯過程，架構了全篇的詩作內容，其中奇數句為一方，偶數句為另一方，而對應關係則是「一湖一湖的泥土」→「一地一地的荷花」，「一間一間沼澤」→「一池一池的樓房」，「一池一池的樓房」→「一屋一屋的荷花」，在一問一答的過程中，也顯現滄海桑田的變化感慨。另外，這首詩的「單位量詞」使用也頗具特色。至於刻意的字詞對應承接，以及最終句的反向翻轉，同樣是管管習慣使用的敘述手法及表現技巧。

〈空原上之小樹呀〉與〈缸〉的被選錄次數同為5次，但〈空原上之小樹呀〉為組詩，「之一」為六段30行；「之二」為三段16行，合計46行，是管管被選錄詩選中最長的1

[8] 同註6，頁108。

首。其中重複字詞語句的習慣也依然存在，如「之一」的第一、二段，就有如此的現象。

之一

每當吾看見那種遠遠的天邊的空原上
在風中
在日落中
站著
幾株
瘦瘦的
小樹
吾就恨不得馬上跑到那幾株小樹站的地方
望

雖然
在那幾株小樹站的地方吾又會看見遠遠的天邊上的空原上
在風中
在日落中
站著
幾株
瘦瘦的
小樹[9]

---

9 同註6，頁100-101。

同樣的內容，也出現在「之二」的第一段：

每當我看見那種遠遠的天邊的空原上

在風中

在日落中

站著

幾株

瘦瘦的

小樹

吾就恨不得馬上跑上去

與小樹們

站在

一起[10]

這種不斷重複字詞語句的習慣，的確是管管詩作的一大特色。至於在寫作內容的呈現上，藉由景物以抒發情愫，且以並列、層遞或對比的方式寫作，也是管管常見的寫作策略。

至於另外一首也被詩選收錄5次的〈缸〉，則是1首六段31行的詩作，這首詩一開頭即採用「散文詩」的表述技巧。

有一口燒著古典花紋的缸在一條曾經走過清朝的轎明朝的馬元朝的干戈唐朝的輝煌眼前卻睡滿了荒涼的官道的

10 同註6，頁102-103。

生瘡的腿邊[11]

作者先以朝代的順序排列，再以對比的技巧表現今昔之別，接下來的部分，則為低二格的形式設計，直到最後兩段才又恢復。至於在書寫文字上，重複的字詞語句也再次出現，甚至在句末並列的結構，也可在此處窺見。

有人去叫缸看看什麼也不說
有人說缸裡裝滿東西
有人說什麼也沒裝進缸
有人說裝了一整缸的月亮[12]

為什麼這口缸來這裡站著看
是那一位時間叫這口缸來站著看
是誰叫這口缸來站著看[13]

另外，矛盾句式且融入鑲嵌、用典的習慣，在此也可以得到見證。

這缸就漸漸被站的不能叫他是缸
反正他已經被站的不再是一口缸的孤單
如同陶淵明不止叫他是陶淵明

---

[11] 同註6，頁113。
[12] 同註6，頁114。
[13] 同註6，頁113。

他敦煌不止叫他是敦煌[14]

額外值得一提的是，管管寫作不避鄙俗，如「也是一個屁也不放」的內容，他也無所禁忌。

就全詩的情節鋪排來看，管管一開頭先從歷史的輝煌寫到現實「眼前卻睡滿了荒涼的官道的生瘡的腿邊」的殘破，但是最後「不過／這口破缸／卻開始了／歌唱。」的安排，卻也是一種借物抒情，並展現前後翻轉的對比寫法。

最後，〈春天像你你像煙煙像吾吾像春天〉分二段，共8行。

春天像你你像梨花梨花像杏花杏花像桃花桃花像你的臉
臉像胭脂胭脂像大地大地像天空天空像你的眼睛眼睛像
河河像你的歌歌像楊柳楊柳像你的手手像風風像雲雲像
你的髮髮像飛花飛花像燕子燕子像你你像雲雀雲雀像風
箏風箏像你你像霧霧像煙煙像吾吾像你你像春天[15]

這首詩的前段是以散文的方式敘述，並連續以「譬喻」及「頂針」的句型貫串，在最後的「你像春天」和首句「春天像你」達成「回文」的修辭效果，形成一種綿延不絕之感，其寫作技巧展現自不在話下。然而前段的內容若依用語格式重新區隔整理，則可劃分為以下八節：

---

14 同註6，頁114。

15 同註6，頁79。

春天像你你像梨花梨花像杏花杏花像桃花桃花像你的臉

臉像胭脂胭脂像大地大地像天空天空像你的眼睛

眼睛像河河像你的歌

歌像楊柳楊柳像你的手

手像風風像雲雲像你的髮

髮像飛花飛花像燕子燕子像你

你像雲雀雲雀像風箏風箏像你

你像霧霧像**煙煙像吾吾像**你你像**春天**[16]

前五節的末句分別是「像你的臉」、「像你的眼睛」、「像你的歌」、「像你的手」、「像你的髮」，其抒情及訴說的對象顯而易見。第六、七兩節也用「像你」結尾，最後一節則是總結的「你像春天」。另外，經過這樣的分析，也可以看出題目〈春天像你你像煙煙像吾吾像春天〉應該是節錄自首節「春天像你你像梨花梨花像杏花杏花像桃花桃花像你的臉」和最後一節「你像霧霧像煙煙像吾吾像你你像春天」而來。

第二段則鑲嵌古代的名人姓名，並加入「引言」的技巧。

[16] 同註6。

春天像秦瓊宋江成吉思汗楚霸王
秦瓊宋江林黛玉秦始皇像
「花非花
霧非霧」[17]

第二段共出現六個歷史人物：秦瓊、宋江、成吉思汗、楚霸王、林黛玉、秦始皇。其中秦瓊、宋江和林黛玉是章回小說中的人物，成吉思汗、楚霸王、秦始皇則都是一代霸主。但以性別與性格特徵來看，只有林黛玉是唯一的女性，且個性纖細柔弱，與其他五人較為不同。不過林黛玉曾有「葬花」之舉，或與此詩的典故可以相互印證。另外秦瓊、宋江則各重複一次，其原因除了是詩人的私愛之外，也可能是與管管同鄉有關（以管管的個性，別說這不可能喔！）。最後的引言「花非花／霧非霧」則出自白居易[18]，而這裡的用字不但翻轉之前「○像○」的冗長敘述，甚至直接指出「○非○」的迷思，通篇的辯證意味相當深刻。

整體而言，管管詩作在形式特徵的部分並不明顯，但是在遣詞用字上，則表現出淺易不避俚俗的特色，但有時會刻意以文言的字詞替代語體，這也應該與作者本身的學習背景與個人偏好有關。另外，由於其語言有「散文化」的傾向，是以使用「長句」的現象也不令人意外。至於喜好融入歷史、人名或其他典故、詩詞、名言、佳句，以呈現意象之間的強烈對

[17] 同註6。
[18] 白居易〈花非花〉：花非花，霧非霧，夜半來，天明去，來如春夢不多時，去似朝雲無覓處。

比，也是管管經營詩作的重要特色。至於在段落或內容的鋪排上，正面的承接排比與結尾的逆向翻轉，也是管管常見的表現手法。最後，在修辭的部分，由於受到個人風格的影響，包括：類疊、頂針、回文、鑲嵌、對仗、排比，以及譬喻、轉化、用典等，也都是管管常見的寫作特色。

至於在內容表現上，管管詩作的內容普遍是以「抒情」為主，但在敘述卻會旁及古今中外的多樣範圍。他曾自述：

> 吾喜歡莊子、陶潛、李白、蘇東坡、金人瑞、李卓吾、鄭板橋這些人的生涯。
>
> 吾喜歡禪，喜歡寒山、拾得、布袋和尚、卓別林、克利、米羅、石濤、八大、陳老蓮、徐青藤、丁雄泉，及漢唐以上的畫圖。
>
> 吾喜歡小孩子、小女子、超現實的東西，貓貓。吾喜歡高克多、賈克梅第、史懷哲。[19]

他也說：「吾喜歡玩，有點游於藝」[20]，「吾寫的詩也都是在吾喜歡那些喜歡中長出來的」[21]，是以其寫作的態度、樣式或風格，也可以從有限的選錄詩作中管窺其大概。

---

[19] 管管，〈自序〉，《管管詩選》，頁4。
[20] 同註19，頁3。
[21] 同註19，頁4。

五、結論

> 不必去推倒那面牆
> 跳過去
> 就是原野了[22]

不論就詩作的風格或語言來看，管管都具備了濃厚的個人色彩。蕭蕭曾評論管管的詩風說：「管管的詩風是詩壇異數，善用反抒情的戲劇手法，達到詩的張力，語言試驗性極強，突接怪折，又具難以言明的創意，為少數難以仿學的詩人」[23]。張漢良則說：「管管是一個在風格與技巧上相當傳統的抒情詩人」[24]。劉菲也說：「他很能創造辯證語言，並且善用辯證邏輯表現主題」[25]。章亞昕指出管管的詩說：「看上去似乎荒誕不經，實際上卻極為真實，荒誕的乃是歷史與人生」[26]，考察管管在「詩選」中被經常選錄的詩作，也可以得到如此的印證。畢竟，

> 使用一種語言就是採用一種生存方式，所謂精確性和經典詩意只是一種邏輯神話。管管的天性決定了他絕不會

22 管管，〈牆〉，《管管・世紀詩選》（臺北：爾雅，2000），頁120。
23 蕭蕭、白靈，《台灣現代文學教程：新詩讀本》（臺北：二魚文化，2002），頁172。
24 張漢良，〈試論管管的風格與技巧〉，《創世紀四十年評論選》（臺北：創世紀，1994），頁293。
25 劉菲，〈從憤怒到寧靜〉，《文訊》第23期，1986年4月，頁173。
26 章亞昕，〈亦詩亦文的行者：管管論〉，《情繫伊甸園：創世紀詩人論》（臺北：文史哲，2004），頁162。

> 依從這種邏輯神話。反而是這種邏輯神話被他的語感、天性，解構為原生態式的詩語狂歡——是的，是一種狂歡，在當代兩岸詩壇新老詩人中，很少有如管管這般將感覺與語態的原始合成推至如此極端和徹底的境地，乃至不惜去觸犯通行的語法規則與構詞方式，而最終創構出一套可名之為「管管式」的編碼程序和言說方式，從而拓展了現代漢語詩歌的表現能力和精神空間。[27]

這也誠如洛夫所言：「管管詩語言的特色是把各種事物作非邏輯的組合而能在其間產生一種新的美學關係」[28]。讀管管的詩如見其人，而見管管的人也如讀其詩。

囿於篇幅及時間的限制，本研究只能以取樣的方式，嘗試從「詩選」的角度以了解管管詩作的奧祕，雖然討論的詩作數量有限，但是從這些被歷來「詩選」反覆錄用的作品及其特色，相信也可以某種程度的印證，管管在超過五十年的創作生涯中，這幾筆難以抹煞的鮮明記憶。

---

[27] 沈奇，〈管管之風或老頑童與自在者說〉，《臺灣詩人散論》（臺北：爾雅，1996），頁61。

[28] 洛夫，〈論管管的荒蕪之臉〉，《中國現代作家論》（臺北：聯經，1976），頁217。

席慕蓉新詩的草原書寫研究
——以《我摺疊著我的愛》為例

一、前言

崛起於1970年代末的席慕蓉，堪稱臺灣新詩界的傳奇。她兼有畫家、學者、少數民族且為女性的身分，在詩壇本來就不多見，然而更令人嘖嘖稱奇的，是她並未參與任何詩社，也不是由文學獎出身，但是她的詩集銷售量，卻創下令人咋舌的成績。1981及1983年由大地出版社出版的《七里香》和《無怨的青春》，以及1987年由爾雅出版社印行的《時光九篇》，都曾經長期霸佔暢銷書排行榜的榜首。《七里香》在一年內銷售七版，《無怨的青春》則在四個月內再版四次，這樣的紀錄，在現代詩集不止是空前，恐怕也將絕後。[1]

「席慕蓉熱」的產生並非是無風起浪，就社會條件言：教育水準提高，使得閱讀人口增加；而經濟富裕，則使得文學作品的消費能為一般大眾所接受；至於工商社會的冷漠疏

[1] 《無怨的青春》從1982至1986年間共銷售三十六版，《七里香》從1981至1990年間也銷售了四十六版，《時光九篇》從1987至1990年則銷售二十七版。（參見孟樊，《當代台灣新詩理論》（臺北：揚智，1995），頁198。）

離，更使得情感濃厚的作品足以產生補償作用，加上席慕蓉的詩作普遍具有：「內容纏綿浪漫，文字淺顯流利、比喻清楚明白，講究包裝藝術」[2]等容易行銷的特質，因此一時蔚為風潮。[3]

1980年代末以後，席慕蓉對詩的熱情似乎逐漸冷淡，在1992年出版的自選集《河流之歌》中，甚至發出了「不再寫詩」宣告。所幸在1999年她又出版了《邊緣光影》，然而這本詩集的出現，某種程度的受到她回歸原鄉後所受到的啟示[4]，是以針對其系列原鄉詩作的探討，對於90年代後的席慕蓉及其詩作，也具有非常特殊的時代意義與創作價值。因此，本文即以席慕蓉在2005年出版的詩集《我摺疊著我的愛》中，有關草原書寫的系列詩作為研究對象，以明瞭在新世紀以後，詩人在寫作形式與內容選擇上，是否有迴異於前的重大轉變。

二、席慕蓉新詩的草原書寫源起與發展

請為我唱一首出塞曲

用那遺忘了的古老言語

[2] 參見鍾玲，《現代中國繆司：台灣女詩人作品析論》（臺北：聯經，1989），頁341-342；另渡也，〈有糖衣的毒藥——評席慕蓉的詩〉，《新詩補給站》（臺北：三民，1995），頁24-27；以及孟樊，《當代台灣新詩理論》，頁203-205；都有近似的見解。

[3] 爾雅出版社於二十世紀末推出《世紀詩選》十二家，其中多為時代俊碩，席慕蓉則是其中唯一入選的女詩人。

[4] 席慕蓉，〈長路迢迢——新版後記〉，《邊緣光影》（臺北：圓神，2006），頁233-241。

請用美麗的顫音輕輕呼喚
我心中的大好河山

那只有長城外才有的清香
誰說出塞歌的調子都太悲涼
如果你不愛聽
那是因為歌中沒有你的渴望

而我們總是要一唱再唱
想著草原千里閃著金光
想著風沙呼嘯過大漠
想著黄河岸啊　陰山旁
英雄騎馬啊　騎馬歸故鄉[5]

以校園民歌起家的蔡琴，雖然在《出塞曲》出版之前，就已經因為《恰似你的溫柔》而廣受歡迎，但是在1979年4月出版的《出塞曲》，才是蔡琴個人的第一張專輯，同年蔡琴也因為這張專輯，獲得金鼎獎演唱獎的榮耀，90年代的張清芳，也曾經重新詮釋過這首歌曲。

〈出塞曲〉是由席慕蓉作詞（演唱版的內容與詩集中的文字稍有不同），李南華譜曲，詩作的內容是以詩人對塞外故鄉的嚮往為核心。不過席慕蓉的籍貫雖然是內蒙古（察哈爾盟明安旗），實際上她卻是1943年在（四川）重慶出生，童年

[5] 席慕蓉，〈出塞曲〉，《七里香》（臺北：大地，1990，45版），頁168-169。

在香港度過，成長於臺灣，然後到歐洲留學，直至1989年，席慕蓉才第一次踏上她魂縈夢繫的蒙古草原。由此可見，關於這首詩的創作，想像是佔有絕大多數的成分，但是面對這樣的一個未曾謀面的故鄉，卻也展現其血濃於水的真摯情感。

席慕蓉的原鄉草原書寫並非是從回歸之後才開始，從她的第一本詩集《七里香》（1981）開始，每本詩集或多或少都會有涉及這一部分的題材，而隨著時間的更迭與認識的深入，不論是在質或量的表現，都不斷有推陳出新的驚喜。

三、《我摺疊著我的愛》的草原書寫特色

《我摺疊著我的愛》是席慕蓉的第六本詩集，由圓神出版社出版，收錄近年詩作42首，另附哈達其・剛和楊錦郁的兩篇評論，以及作者的代序與後記。「輯一：鯨・曇花」收詩19首，展現的是如「月光下　一如鯨和曇花／在不被人所測知的靈魂深處／所有的渴望正紛紛甦醒／當暗潮起伏　當夏夜芳馥」[6]等抒情為主軸的內涵。

「輯二：素描簿」收詩11首，作者採用散文詩的語言形式，是此輯的主要特色。像是「——如果，如果那些埋伏在字句間而又呼之欲出的意象是一首詩的生命，那麼，在我們真正的生命裡，那些平日暗暗牽連糾纏卻又會在某一瞬間錚然閃現的記憶，是不是在本質上就已經成為一首詩？」[7]都是典型的代表。

---

[6] 席慕蓉，〈鯨・曇花〉，《我摺疊著我的愛》（臺北：圓神，2005），頁57-58。

[7] 席慕蓉，〈素描簿〉，《我摺疊著我的愛》，頁78。

「輯三：兩公里的月光」收詩12首，如「雖然已經不能用母語來訴說／親愛的族人　請接納我的悲傷／請分享我的歡樂／我也是高原的孩子啊心裡有一首歌／歌中有我父親的草原我母親的河」[8]等這些以蒙古原鄉為題材的內心告白，是為此輯的特色。

額外值得一提的是，這本詩集除以平面出版之外，也配合「錢南章樂展」的表演，由作曲家取詩入歌，女高音徐以琳教授演唱，鋼琴家王美齡教授伴奏，並在國家音樂廳公開發表。如此視覺與聽覺結合的饗宴，頗令人耳目一新。[9]

在1980年代初席捲詩壇的「席慕蓉風」，至今仍令不少讀者記憶深刻。而在1989年席慕蓉首次踏上故鄉的土地之後，其寫作重心逐漸轉移向蒙古的風土人情，然而從詩作內容及語言經營的態度來看，其一脈相承的特性，也同樣貫串不同的時代差異。

在全面檢視《我摺疊著我的愛》之後發現，除了「輯三：兩公里的月光」的12首詩作與蒙古草原有關之外，「輯二：素描簿」最後的〈契丹舊事〉、〈六月的陽光〉、〈創世紀詩篇〉3首詩作，在內容上也屬於蒙古草原的書寫範疇，因此在以下的詩作探討中，就將以這15首詩作為研究對象（參見表1）。

[8] 席慕蓉，〈父親的草原母親的河〉，《我摺疊著我的愛》，頁127。

[9] 參見方群，〈抒情與原鄉的交會〉，《幼獅文藝》第618期，2005年6月，頁131。

表1　《我摺疊著我的愛》草原書寫詩作及其相關內容一覽表

詩題	創作時間	段落結構	段落	備註
契丹舊事	2003.09.13			散文詩分6節
六月的陽光——訪敖漢旗城子山四千年前遺址	2002.07.30初稿成 2004.11.09修訂			散文詩
創世紀詩篇	2004.10.27			散文詩分3節
頌歌——成吉思可汗：「越不可越之山，則登其巔；渡不可渡之河，則達彼岸。」	2004.03.01	2+4+4+4	4	
天上的風——古調新譯	2003.10.06	5+5+20	3	
二〇〇〇年大興安嶺偶遇	2004.09.15	7+6+5	3	
悲歌二〇〇三	2004.11.23	6+3+11+4+5	5	有後記
尋找族人	2002.12.17	3+3	2	
劫後之歌	2002.09.20	4+4+4+4	4	
父親的草原母親的河	1999年初冬	4+4+5+3	4	
悲傷輔導	2004.12.03	3+8+5	3	
我摺疊著我的愛	2002.07.14	5+5+5+5+4+5	6	有後記
紅山的許諾	2002.07.07	5+8+8+5+5	5	
遲來的渴望——寫給原鄉	2002.08.29	6+5+7+7+8+3	6	
兩公里的月光	2003.10.24	8+5+9+8+9+5	6	有後記

有關這些詩作的寫作年代，最早的是1999年的作品，最遲則是2004年的創作。至於在詩集中的排列，乃是以形式或內容為分門部次的標準，並非以創作的先後為序，可見作者重新排列的用心。以下，將細分成四個面向，再分別加以探討。

（一）取材內容的思維

首先，就詩作的標題、副標題和後記等部分來看，有很多都表現出系列詩作與蒙古草原的關係。以詩題來看，如〈契丹舊事〉、〈六月的陽光——訪敖漢旗城子山四千年前遺址〉、〈頌歌——成吉思可汗：「越不可越之山，則登其巔；渡不可渡之河，則達彼岸。」〉、〈二〇〇〇年大興安嶺偶遇〉、〈尋找族人〉、〈父親的草原母親的河〉、〈紅山的許諾〉等過半數的詩作，皆已在詩題直言，亦可見其對原鄉書寫的渴望。此外，也有在後記加以呈現者，如〈悲歌二〇〇三〉：

> ——無知的慈悲，可以鑄成大錯。二〇〇三年八月十日，內蒙古根河市官方以「提昇獵民生活水平，接受現代文明」為目標的遷徙行動，極為草率與粗暴，不但損傷了馴鹿的生命，也損傷了最後的狩獵部落「使鹿鄂溫克」一百六十七位獵民的心。同年九月，及二〇〇四年七月，我兩度上大興安嶺探訪，親眼見證獵民的困境，歸來以後久久不能釋懷，遂成此詩。[10]

或者是〈我摺疊著我的愛〉的：

---

[10] 席慕蓉，〈悲歌二〇〇三〉，《我摺疊著我的愛》，頁121。

——二〇〇二年初，才知道蒙古長調中迂迴曲折的唱法在蒙文中稱為「諾古拉」，即「摺疊」之意，一時心醉神馳。

初夏，在臺北再聽來自鄂溫克的烏日娜演唱長調，遂成此詩。[11]

以及〈兩公里的月光〉的：

二〇〇二年夏，初訪紅山文化牛河梁二號遺址，見先民手砌之圓形祭壇及其三道邊線，石塊歷經五千五百年猶自不離不變，心中大為驚動。

二〇〇三年秋，復求友人帶我重訪牛河梁。是夜，朱達館長帶領我們一行人穿越松林遍佈的山徑，前往已經回填的女神廟考古現場。時當陰曆八月十七日，來回兩公里的路程上，月光極為清澈明亮，我心宛轉求索，歸來後經過多次的修改和謄寫，遂成此詩。[12]

以上這些都是典型，甚至詩作中經常出現的一些特殊名詞或族語，如「鞍轡」、「海東青」、「草原」、「鷹笛」、「維吾爾」、「阿雅樂騰格女神」、「麥德爾可敦」、「阿布卡赫」、「成吉思汗」、「使鹿鄂溫克」、「蒙古高原」、「紅山」、「英金河流」的使用，也凸顯作者強調自我族群特色的積極態度。

---

11 席慕蓉，〈我摺疊著我的愛〉，《我摺疊著我的愛》，頁133。
12 席慕蓉，〈兩公里的月光〉，《我摺疊著我的愛》，頁151。

（二）形式結構的設計

其次，在形式結構的部分，以散文詩形式呈現的有〈契丹舊事〉、〈六月的陽光——訪敖漢旗城子山四千年前遺址〉、〈創世紀詩篇〉3首，這是席慕蓉詩作較為少見的，其餘的12首都是分行詩，這才是席慕蓉較常見的寫作模式，其中〈天上的風——古調新譯〉使用18字排成18行的樣式，是非常特殊的視覺設計。

不
捨
的
回
顧
還
在
芳
草
離
離
空
寂
遼
闊

之

處[13]

另外，除了3首散文詩之外，其餘12首分成三、四、六段者都各有3首，分成五段者2首，分成二段者1首。可見席慕蓉詩作的分段，似乎並沒有固定的格律化傾向，而詩作分段不多，應該也和詩人多以有限的篇幅展現，因此分段的趨勢不明顯，不過三到六段是其主要的分段習慣。

同樣的，有關每段行數的分配，也是形式結構上值得探討的一環。在這些詩作中，通篇行數一致的有〈尋找族人〉（分兩段，每段3行）和〈劫後之歌〉（分四段，每段4行），以下試舉後者為例說明。

把親愛的名字放進心中
用風來測試　用淚來測試
這悲傷的刻度　到最深處
能不能　轉換成一首詩？

把親愛的名字放進心中
用風來測試　用淚來測試
在黎明之前　我們
該從哪一個音符輕輕地開始？

[13] 席慕蓉，〈天上的風——古調新譯〉，《我摺疊著我的愛》，頁111-112。

還是得好好地活下去吧

如一首劫後之歌　平靜宛轉

在暗黑的夜裡

等待眾人的唱和

把親愛的名字放進心中

用風來測試　用淚來測試

在茫茫的人海裡

用一首又一首的詩……[14]

這是四段4行的整齊結構詩作，其中第一、二、四段的前2行完全一致，具有強調和前後呼應的作用。第三段是典型的「轉」，更換句式和心態，但仍依照4行的規範，可謂「變中有同」。全篇以「詩歌」總起，也以「詩歌」總結，提煉出以文學對抗現實的堅持。不過，這種近乎格律的嘗試，在席慕蓉早期的詩作較為常見，在《我摺疊著我的愛》中反而是相對少數，由此亦可見詩人在書寫心態的轉變。

關於這樣的改變，我們可以用更具體的量化數據呈現。在以每段行數的分布，統計之前提列的15首詩作之後可以發現，以每段5行的結構最多，4行次之，其餘也有小部分，但是2行以下和9行以上這些過長或過短的段落行數，數量甚少，這也和席慕蓉以往的創作習慣相近（參見表2）。

[14] 席慕蓉，〈劫後之歌〉，《我摺疊著我的愛》，頁124-125。

表2　《我摺疊著我的愛》草原書寫詩作每段行數分布統計表

行數	2↓	3	4	5	6	7	8	9↑
組數	1	6	11	17	3	3	6	4

（三）聲情用韻的安排

有關聲情用韻的安排，向來也是席慕蓉詩作的重要特色，而這些在系列的作品中，也可以一窺其堂奧，以下試舉〈頌歌〉為例說明：

祖先創建的帝國舉世無雙
何等遼闊　何等輝煌

立足於曠野　馳騁於無邊大地
馬背上看盡了世間的繁華與替
那統御萬邦的深沉智慧
是今日的我們所望塵莫及

吹拂了八百年的草原疾風
在眾多的文化裡成為泉源和火種
那廣納百川的浩蕩胸懷啊
我們今日只能以歌聲來讚頌

長風獵獵　從不止息
一如心中不滅的記憶
看哪　祖先創建的帝國舉世無雙

何等遼闊啊　何等輝煌[15]

從以上14行的句尾用字來看，第一段的「霜」和「煌」都是押「ㄨㄤ」的韻母，第二段的「地」、「替」、「及」，則都是押「一」的韻母，第三段的、「風」、「種」、「頌」，則都是押「ㄥ」的韻母，第四段的前兩個字「息」和「憶」和第二段一樣，都是押「一」的韻母，至於後兩個字「雙」和「煌」則第一段的韻相同。藉由以上的句尾用字分析，我們也可以體會詩人不拘泥一格，連用韻的遣詞用字與安排也多所費心。

（四）修辭技巧的經營

寫作是文字的藝術，而對現代詩來說，如何恰如其分的使用修辭技巧，更是所有詩人所不可輕忽的課題。席慕蓉詩作的文字雖然平易近人，然其修辭經營的用心，也值得探討與關注，以下試舉〈我摺疊著我的愛〉為例說明：

我摺疊著我的愛
我的愛也摺疊著我
我的摺疊著的愛
像草原上的長河那樣宛轉曲折
遂將我層層的摺疊起來

[15] 席慕蓉，〈頌歌〉，《我摺疊著我的愛》，頁106-107。

我隱藏著我的愛
我的愛也隱藏著我
我的隱藏著的愛
像山嵐遮蔽了燃燒著的秋林
遂將我嚴密的隱藏起來

我顯露著我的愛
我的愛也顯露著我
我的顯露著的愛
像春天的風吹過曠野無所忌憚
遂將我完整的顯露出來

我鋪展著我的愛
我的愛也鋪展著我
我的鋪展著的愛
像萬頃松濤無邊無際的起伏
遂將我無限的鋪展開來

反覆低迴　再逐層攀昇
這是一首亙古傳唱的長調
在大地與蒼穹之間
我們彼此傾訴　那靈魂的美麗與寂寥

請你靜靜聆聽　再接受我歌聲的帶引

重回那久已遺忘的心靈的原鄉
在那裡　我們所有的悲欣
正忽隱忽現　忽空而又復滿盈
……　……[16]

詩作的創作可於「後記」中窺知，與「諾古拉」（蒙古長調中迂迴曲折的唱法）的演唱有關，因此詩作呈現重複、頂針、回文等字詞的揉雜運用，在第一段的「我」、「摺疊」、「愛」，第二段的「我」、「隱藏」、「愛」，第三段的「我」、「顯露」、「愛」，第四段的「我」、「鋪展」、「愛」，都是相同類型的鋪陳，然後每段的第四句都使用比喻，也是前四段一致的修辭經營策略。

第五、六段總結，則以前後的對比映襯為主，如：「反覆低迴　在逐層攀昇」、「大地與蒼穹」、「美麗與寂寥」、「請你靜靜聆聽　再接受我歌聲的帶引」、「悲欣」、「正忽隱忽現　忽空而又復滿盈」而最終連用兩個刪節號，更倍增餘韻無窮的感受。

四、結論

當然，在時光中涵泳的生命，也並非僅只是我在眼前所能察覺的一切而已。我相信，關於詩，關於創作，一定還有許多泉源藏在我所無法知曉之處[17]。

[16] 席慕蓉，〈我摺疊著我的愛〉，《我摺疊著我的愛》，頁130-133。
[17] 席慕蓉，〈長路迢迢〉，《邊緣光影》，頁238。

誠如席慕蓉所言：「深藏在我們心中，有一種很奇怪的『集體潛意識』，影響了每一個族群價值判斷。」[18]於是這些未知的創作源頭，很快的就在詩人返鄉追尋之後，找到了直接而簡單的答案。

> 在書寫之時，無論是自知或不自知的選擇，原來竟然都是從血脈裡延伸下來的。[19]

是以「去愛自己的鄉土，原來並不是可以經由理智或者意志來控制的行為。」[20]其實早在詩人於1999年出版的《邊緣光影》，就和之前慣見的內容與風格有所差異，這是源自於原鄉故土的呼喚，「金色的馬鞍，引領她直至落雪的地方」[21]，這應該也是詩人與生俱來的宿命。

> 是的，鐵馬、黃河和蒙文課用低沈的喉音呼喚穆倫·席連勃。[22]

「身分認同」是離散文學（diasporic literature）中的一項重要議題，這樣的追尋過往，也呈現在她寫作的轉變歷程。席慕蓉的蒙古名字叫做：「穆倫」，就是大江河的意思。

---

[18] 席慕蓉，《我的家在高原上邊緣光影》（臺北：圓神，1990），頁125。

[19] 同註17，頁238-239。

[20] 同註18。

[21] 鮑爾吉·原野，〈月光插圖〉，收錄於席慕蓉，《迷途詩冊》（臺北：圓神，2002），頁184。

[22] 同註21。

席慕蓉母親之河：希喇穆倫河，源自他母親的家鄉。在諸多詩作中，詩人多以參與者的角色入詩，追憶過往的美好與對未來的期待，其中對於原鄉草原的系列書寫，尤為表現的重點。

詩人兼詩評家白靈曾說：「早、中期的席詩近於歌謠體，介在口語和純詩之間，因之反覆詠嘆、悲情傷懷，賺盡青年女子的眼淚；晚近的席詩，離現代就更近了一些，風花萎落，雪月溶去，頓然有繁華卸盡、淒然寂然之感」[23]，大陸名詩人兼名詩評家沈奇也說：「歷史和地緣文化標題的加入，無疑大大擴展了席慕蓉詩歌的表現域度」[24]。而從唯美抒情到回歸原鄉，未來的席慕蓉將會往處去，也許已經是一個不言可喻的問題了。

[23] 白靈，〈懸崖菊的變與不變〉，《中央日報・出版與閱讀》，2000年12月27日。

[24] 沈奇，〈邊緣光影佈清芬〉，收錄於席慕蓉，《迷途詩冊》（臺北：圓神，2002），頁172。

黃榮村詩作及詩論研究

一、前言：詩人的聯集與交集

2003年8月4日，「中學生教改聯盟」至教育部要求黃榮村部長在三十分鐘內，從學生的籤筒中隨機抽出「網咖」或「情人節」，並即席寫出一篇作文，以體驗學生的升學壓力。然而部長並沒有接受這項空前的挑戰，只以「我以前也是文藝青年」應對……

我們的教育部長真的曾經是一個「文藝青年」嗎？事實上，在1970年代前期，「黃榮村」這三個字在詩壇並不陌生，除了創作，他也兼涉評論，作品並曾入選《龍族詩選》[1]、《現代詩三百首》[2]等選集。黃榮村在現代詩壇嶄露頭角，甚至比同鄉的詩人縣長——廖永來（廖莫白）還要早上十餘年。因此，在臺灣多元繽紛的政治人物圖譜中，黃榮村的確是少數夠資格戴上「詩人」桂冠的中央行政首長。

1 參見龍族詩社主編《龍族詩選》，（臺北：林白，1973）。
2 參見沙靈、蕭蕭主編《現代詩三百首》，（彰縣：大昇，1974）。

黃榮村與詩壇發生關係，可以上溯至他就讀員林高中的時代。1964年，他與同學蕭水順（蕭蕭）參加由古貝[3]、陳奇合主導的《新象詩刊》[4]並參與編務，這是他接觸現代詩的最早紀錄。稍後黃榮村進入臺大心理系，而在修習碩、博士的階段，經由蕭蕭引介成為「龍族詩社」的一員，此後創作、評論不輟，直迄70年代中期。

1971年元旦成立的「龍族詩社」，不論是理念、詩作、評論或出版，在當時都佔有舉足輕重的地位。「龍族」由辛牧、施善繼、林煥彰、林佛兒、景翔、喬林、陳芳明、蘇紹連、蕭蕭等九人發起，高上秦（高信疆）、陳伯豪、黃榮村、林忠彥稍後加入，其主要成員有不少仍活躍於詩壇。

「龍族詩社」以《龍族詩刊》為機關刊物，從1971年3月至1976年5月止，共出刊十六期，其中第九期「評論專號」的分量尤為可觀。此外，1973年6月出版同仁作品選輯《龍族詩選》，也頗有指標的意義。

「龍族」在70年代被推崇重視的原因，一方面是基於它本土且年輕化的組成背景，另一方面則是源於它對自我文化的追尋與重建。是以「龍族」有其迥異於「藍星」、「創世紀」、「現代詩」等三大元老詩社的繼承背景，但也和「笠」的臺灣本土路線不盡相同。他們強調「我們敲我們自己的鑼，打我們自己的鼓，舞我們自己的龍」，而這樣的創社精

---

[3] 古貝，本名林正雄，台灣彰化人，1938年生，著有《火祭場》。作品曾被選入《本省籍作家作品選集》、《七十年代詩選》等。1964年6月與白萩、陳千武、趙天儀、林亨泰、錦連……等人共同創辦「笠」詩刊。

[4] 《新象詩刊》於1963年12月16日創刊，1965年4月10日休刊，共出版七期。1-4期為折疊式八開單張，5-7期為三十二開本。

神與實際作品呈現，也某種程度地顯現當時年輕一代在「中國．臺灣」和「傳統．現代」間的迷失探索。

70年代前期是黃榮村創作的黃金時期，他的詩作主要多發表在《大學論壇》、《中國新詩》及《龍族詩刊》等刊物。[5]以下，將率先討論其詩作內涵中，有關中西古典意象與歷史典故的運用及特色。

二、溯源風雅：黃榮村詩作的中國古典意象

在黃榮村早期的詩作中，濃厚的中國意象是極為常見的，如〈古中國詠歎調〉便是如此的典型。

暮色呵，蒼冥得可上摩青天。
遂有寒鴉點點從雲端盡處
旋起幾聲呼嘯。

又是飄忽胡馬
捲起山海關外
千里雲月。
驃騎健馬竟有夸日之姿
追著落日逐著黃昏。
李白的那匹弱馬　向晚時分
竟軟軟的癱瘓在

[5] 黃榮村於2005年由印刻INK出版社出版個人詩集《當黃昏緩緩落下》，為求引述一致與便於檢索，以下引用之內容悉以著作為準。

芳冽的酒香中。

當胡人的笳聲由遠而近
仕女們仍擺著小小的腰
舞著霓裳羽衣
舞出一片末日風沙。

末日風沙
咳古中國。
當一季風雪過後
妳將漂泊何方？[6]

在上述詩句中，諸如：「寒鴉」、「胡馬」、「驃騎」、「笳聲」、「霓裳羽衣」等名詞，皆為古典詩文所擅用的詞語。如王昌齡〈相和歌辭〉云：「玉顏不及寒鴉色，猶帶昭陽月影來。」〈出塞〉則曰：「但使龍城飛將在，不教胡馬度陰山。」高駢〈塞上寄家兄〉亦言：「笳聲未斷腸先斷，萬里胡天鳥不飛。」至於白居易〈長恨歌〉也有：「漁陽鼙鼓動地來，驚破霓裳羽衣曲。」之名句，杜甫亦嘗著〈天育驃騎歌〉。此外，「仕女們仍擺著小小的腰」與杜牧〈遣懷〉的「楚腰纖細掌中輕」也頗有近似處。此外，使用「李白」、「山海關」等人物或地名的象徵意義，也表現出黃榮村對中國古典意象的偏好。

---

[6] 黃榮村，〈古中國詠歎調〉，《當黃昏緩緩落下》（臺北：INK印刻，2005），頁36-37。

至於題目中的「詠歎調」一般是指歌劇中的獨唱曲，詠歎調是歌劇中最迷人的部分，歌劇作曲家通常都會將最優美的旋律應用在詠歎調中。但在此處應該只是直用其字面意，而非採取歌劇的說法。至於詩中胡漢雜沓、刀兵相爭與歌舞昇平的對比，更顯現古老中國在現今所遭遇的窘狀，是以此詩之寓意也亦深遠矣。

而在現代詩的敘述表白中，如果大量引述古典詩詞的文句或意象，向來被視為抱殘守缺的象徵，不過單以古今之別來區分高下，其實也未必公平。只要能妥善地將意象組合轉化，古典未嘗不能別開新意。又如〈迴旋與展現〉中的「江南之歌」

銀白的閃電過後，
江南呵，就像病癒後的西子。
車聲轔轔，不見征人
杏花村的酒旗滿天飄揚
陳年的紹興溢滿了西湖岸
但見白石意境蓮花亭亭，
當一陣蹄聲過後
夾岸楊柳挽柔髮千絲於春風中。
夕暮時分衹餘幾聲晚鐘
餘暉中
但見白眉老僧
數著點點歸雁。[7]

[7] 黃榮村，〈迴旋與展現〉，《當黃昏緩緩落下》，頁12-13。

此為〈迴旋與展現〉中「淨界之展現」的一節，其內容直接轉化自古典詩詞的質量均頗為可觀。如「車聲轔轔，不見征人」，乃出於杜甫〈兵車行〉的「車轔轔，馬蕭蕭，行人弓箭各在腰。」而「杏花村的酒旗滿天飄揚」，為承繼杜牧〈清明〉的「借問酒家何處有？牧童遙指杏花村。」至於「白石意境蓮花亭亭」中的「白石」應非實景，而是「白石道人」——姜夔的別稱。姜夔為人清高，生前特愛寫荷梅，晚年旅食浙東，卒於西湖。其〈湖寓居雜詠之一〉云：「荷葉披披一浦涼，青蘆奕奕夜吟商。」〈念奴嬌〉亦曰：「日暮，青蓋亭亭，情人不見，爭忍凌波去？」此外，「夾岸楊柳挽柔髮千絲於春風中」與柳永〈雨霖鈴〉「今宵酒醒何處？楊柳岸，曉風殘月。」亦有相近處。其他如：「江南」、「西子」、「西湖」、「蹄聲」、「晚鐘」、「老僧」、「歸雁」等用語也屢見於古典詩詞，可見作者深諳傳統，亦不忌諱轉用於現代。

此外，在〈走在荒原上〉中，詩人套借古典詩詞的情形也相當明顯。

漢武帝在異域飛揚著大漢威風　然後
落日殘照　西風陵闕
輝煌不容於幽寂的山谷。
（依然是松　依然是雪）[8]

[8] 黃榮村，〈走在荒原上〉，《當黃昏緩緩落下》，頁25。

其中，「落日殘照　西風陵闕」與李太白〈憶秦娥〉的「西風殘照，漢家陵闕」頗為雷同。稍後的「拿破崙鬱鬱攔狗對月獨語／孤島三人影。／（青蓮呵　你被謀殺於／那撮花叢下？）」[9]也挪用李白〈月下獨酌〉的「舉杯邀明月，對影成三人。」

至於在〈一張張遙望的臉〉，詩人也深切思索著傳統的成就與失落。

風聲就如雲湧，山崗上
一張張偉人的臉　英雄的臉
宣敘著大風的飛揚
漢唐的風采。[10]

前列「大風的飛揚」與前後文觀照，其寓意應該也是援引漢高祖——劉邦詠唱：「大風起兮雲飛揚，威加海內兮歸故鄉，安得猛士兮守四方。」時的感慨吧！而鐵蹄蹂躪之後，「仍舊是一張臉／遙望天邊。」的悲情，究竟該如何解脫？或是不了了之？黃榮村這首1973年的懷友之作，隱然也有感時的悸動。

另外，〈送行〉裡的「既然蒼鷹引你向西，就向西行／一路上多少淒楚與風暴／為的祇是那一頁頁的經書。」[11]或是〈若有雨聲〉的「但需共飲／飲那清冽的泉／但需共攜／越那溪石／擁滾於接天蔓草。」[12]也同樣充滿古典意境的趣味。

---

[9] 同註8，頁25-26。

[10] 黃榮村，〈一張張遙望的臉〉，《當黃昏緩緩落下》，頁83。

[11] 黃榮村，〈送行〉，《當黃昏緩緩落下》，頁64。

[12] 黃榮村，〈若有雨聲〉，《當黃昏緩緩落下》，頁39。

至若〈風雅小頌〉的題目經營，或是像〈當黃昏緩緩落下〉中「山不是山　雲不是雲」的禪宗句法，在在也證明詩人對傳統風味的熟稔，以及「不薄今人愛古人，清辭麗句必為鄰」的創作理念實踐。

三、放眼世界：黃榮村詩作的西方歷史典故

在擁抱中國古典傳統的同時，也不影響詩人放眼世界的瞻望，同樣在〈迴旋與展現〉中，黃榮村也表現出他對西方的歷史素養與典故運用。

> 雲端巍巍出現一尊金神，睜凜然底金目流轉天界之燦爛，一如尼采的超人，驕狂且帶點神經質。一陣狂風驟雨旋起滿天呼嘯，天邊只餘戴阿尼修斯狂亂底笑聲，與一句創世紀式底箴言……[13]

尼采（Friedrich Wilhelm Nietzsche，1844～1900）是近代西方重要的思想家，包括「上帝已死」及「超人」等觀念，都是他的代表論點。[14]

在《悲劇的誕生》中，尼采解釋希臘悲劇的起源和特質，是以「酒神精神」為其精髓並詳加闡述。酒神精神的本義是肯定生命中所包含的痛苦與快樂，而為了肯定生命的順逆得

[13] 黃榮村，〈迴旋展現〉，頁10。

[14] 參見尼采（Friedrich Wilhelm Nietzsche）原著，李長俊譯，《悲劇的誕生》（臺北：三民，1970）。

失，就必須以堅定的生命力和意志來面對未知的痛苦，而這種鼓舞的精神，也就是悲劇藝術所要表達的精神。詩人在此以反基督的尼采和創世紀的神話相映襯，同時採用散文句法，呈現更綿密的對比張力。

至於有關近代西方藝術與古希臘傳說的結合，也流露在詩人筆下。

> 如貝多芬之死面
> 恆在變換著斯芬克斯的謎。[15]

貝多芬（Ludwig van Beethoven，1770～1827）是舉世知名的「樂聖」，而「貝多芬之死面」即由約瑟夫・但豪瑟（Joseph Danhauser）在貝多芬死後第二天，以石膏印製的死亡面模（Death Mask）。由於當時貝多芬飽受病魔摧殘，是以這個面型也展現他堅毅不屈的神韻。[16]覃子豪在〈畫廊〉中，也有「維娜斯的胴體仍然放射光華／貝多芬的死面，有死不去的苦惱」[17]云云，此處亦可見異曲同工之妙。

至於斯芬克斯（Sphinx）則是希臘神話中獅身人面的女妖怪，它攔住過往的行人強迫他們猜謎，猜對的可以平安通過，猜不出來就要被殺掉，但始終沒人能猜對它的謎語。後來奧迪帕斯（Oedipus）挺身接受考驗，斯芬克斯問他：

---

[15] 同註14，頁15。

[16] 參見羅曼・羅蘭（Romain Rolland）著，傅雷譯，《貝多芬傳》（臺北：世界文物，1996）。

[17] 覃子豪，〈畫廊〉，《覃子豪全集Ⅰ》（臺北：覃子豪全集出版委員會，1965），頁263。

「什麼動物是早上用四條腿走路，中午用兩條腿，晚上用三條腿？」奧迪帕斯回答：「是人。兒童時人們手腳並用到處爬，是四條腿；成年時挺直身子走路，是兩條腿；老年時拄著拐杖行走，就成了三條腿。」[18]斯芬克斯的謎語被破解後，便羞愧地跳崖自盡。而作者在此以面臨死亡的威脅，反思人類在不同成長階段的調適心態，寓意也相當深遠。

同樣的，如「當跛腳的船長以無畏的憤怒擊斃小白鯨，而又不能免於自身的滅亡時，人們開始戰慄，／偌大一匹巨輪在怒海中竟祇似／一顆小孩手中拋弄的玻璃珠。」[19]的驚悚比喻，則與美國作家梅爾維爾（Herman Melville，1819～1891）的《白鯨記》（Moby Dick）有關。作者藉由捕鯨人復仇的失敗，傳達人類微弱渺小，及大自然莫可匹敵的力量。[20]

至於〈走在荒原上〉，詩人則以大氣魄的西方史事入詩。例如亞歷山大的雄偉征服，便為詩人所讚頌。

以交響樂的蹄聲
飲馬印度河[21]

亞歷山大大帝（Alexander the Great，356B.C.～323B.C.）年滿二十便成為馬其頓國王，他是歷史上最卓越的軍事統

[18] 參見金尼斯（Emile Genest）著，趙震譯，《希臘神話》（臺北：志文，1977）。
[19] 黃榮村，〈迴旋與展現〉，頁18。
[20] 參見梅爾維爾（Herman Melville）著，歐陽裕譯，《白鯨記》（臺北：志文，1984）。
[21] 黃榮村，〈走在荒原上〉，頁25。

帥之一，歷經十年遠征，建立一個地跨歐亞非三洲的龐大帝國，並曾率遠征軍佔領印度西北部。[22]這樣罕見的成就，也成為詩人歌詠的內容。

至於古羅馬群雄爭霸的殷鑑，同樣獲得詩人的青睞。

> 凱撒發出絕望的叫喊聲癱瘓在石像下
> 布魯特斯擎著無情劍。[23]

凱撒（Julius Caesar，100B.C.～44B.C.）是古羅馬的將領與執政者，他在西元前44年3月15日早晨，於元老院中遭到刺殺。領導這次刺殺行動的是一個名為布魯特斯（M. Junius Brutus）的政治家，凱撒遇刺後即倒地死去。後來，莎士比亞（William Shakespeare）在1599年完成《朱利阿斯．西撒》，讓這段歷史更富有戲劇性。在莎士比亞筆下，凱撒望著布魯特斯，留下他最終的遺言：「你也參加，布魯特斯？那麼倒下去罷，西撒。」[24]這種遭到親信背叛的傷痛，甚且讓被刺的凱撒都死得甘心無言。這段過程也和楚漢相爭時，面臨敗亡的項羽將頭贈予呂馬童的情節頗為相似。

而對古羅馬歷史的重視，也反覆出現在詩人的作品中。如耗費二十四年光陰才完成《羅馬帝國衰亡史》（The History of the Decline and Fall of the Roman Empire）的英國歷史學家

---

[22] 參見史東曼（Richard Stoneman）原著，孫慧敏譯，《亞歷山大大帝》（臺北：麥田，1999）。

[23] 同註22。

[24] 梁實秋譯，《莎士比亞全集》第九集《朱利阿斯．西撒》（臺北：遠東圖書，1988），頁65。

——吉朋（Edward Gibbon，1737～1794）[25]，在詩中也佔有可觀的篇幅。

吉朋凝望著
殘破的廢墟　傾頹的古堡
撫摸著龜裂的石柱　穿過
風化了的拱門
思索著古羅馬如何萎於殘垣破瓦[26]

另外，在〈當黃昏緩緩落下〉，也融入1957年諾貝爾文學獎得主，法國存在主義大師卡謬（Albert Camus，1913～1960）《異鄉人》的情節。[27]

戴歪紅帽的那人拖著獵槍
對準了鷹鉤鼻
轟出莫魯梭的一響。
赫然，他告訴我：
嗨，兄弟
你可認識那名叫卡謬的異鄉人。[28]

《異鄉人》的故事，是記述一個僑居阿爾及利亞的法國

[25] 參見吉朋（Edward Gibbon）原著，蕭逢年譯，《羅馬帝國衰亡史》（臺北：志文，2003）。
[26] 黃榮村，〈走在荒原上〉，頁26。
[27] 參見卡謬（Albert Camus）原著，莫渝譯，《異鄉人》（臺北：志文，1982）。
[28] 黃榮村，〈當黃昏緩緩落下〉，頁30-31。

青年莫梭，在灼熱海灘無意槍殺了一個阿拉伯人。雖然這在當地並不算滔天大罪，但是在審訊時，莫梭輕蔑的態度導致他被處以極刑。但莫梭一點也不感到恐懼，反而希望當他被送上斷頭台時，能有大批群眾來看熱鬧，並以咒罵和怒吼來歡送他的死亡。卡謬以小說發展闡述人性中荒謬的本質，這對當時的文藝青年也造成不小的震撼。

總的來看，黃榮村的心理學背景顯然與其寫作內容的干涉不大，但文學與歷史的成分，反而佔有較大的比重。就像他在〈走在荒野上〉的後記所言：「夜讀艾略特，偶瞥窗外，正是月遲星也稀，間有風雨挾落葉，吠聲竟成荒地唯一生命，因有所悟而作」，可見其濃厚文藝氣質的展現，亦可為他雅愛文學的見證。

四、沉思與回應：黃榮村詩論的理想建構

與其他只專注於創作的詩人相比，黃榮村在詩論的探索嘗試雖然數量有限，但也展現其積極的企圖心。如〈秋季三論〉、〈搖滾樂與現代詩之一〉、〈論文學工作者應有的素養〉等，在命題上就屬於全面性的廣泛訴求。而〈評洛夫的「白色之釀」〉雖以單篇為出發，但其分析批評也同樣著重於整體的結構思考。因此，黃榮村在詩論中的具體想法，不僅是他美學觀念的核心，同時也可反證其詩作表現，並某種程度地反映了時代文風的趨向。

黃榮村四篇詩論的表現重點各有不同。首先，在〈評洛夫的「白色之釀」〉中，他先以「構造分析」，闡明洛夫此作的時間序列明確及空間敘述清晰，並進而配合出愉悅感人的意

境。接著再以「多重歷程分析」（multi-process Analysis）的方式，解析出「擴張」、「交融」與「奉獻」等三種過程。最後在「批評」時提出：「解析本身常因主觀而有所偏差，而批評無可避免的乃基於解析的基礎上，故所受的偏差更為複雜」的結論，並點醒：「現階段的詩人因過於用『心』的結果，往往忘了『腦』在寫詩與析詩上的重要性。」現代詩並非對現代社會的既存現象採取全然的反叛，是以反叛的合理性是否存在，實應更謹思慎行。所以黃榮村在此的評論雖以〈白色之釀〉為本，但其關懷點仍是普遍既存的的事實與現象。

接著的〈秋季三論〉，黃榮村則分別論述「詩的建構問題」、「詩評者的條件」與「文學作品的心理分析解決了深層的心理活動嗎？」等三個子題。首先，在「詩的建構問題」上，黃榮村借用法國數學家Poincare II.（1854～1912）的創造歷程模型，其步驟分別是：1.問題出現。2.致力於解決：解決具有內在的獎賞，以獲得精神上的舒慰，同時滿足智力上的冒險。3.休息：心靈在靜默中進行一連串豐盈的內在活動。4.突然產生答案：內在的性質往往具有靈感的、有活力的，帶來美感的、滿足的、在意識狀態中的。5.驗證與修訂：使作品迷人的風貌能透過技巧儘可能表現出來。而這些經由創造歷程的步驟，即是黃榮村提供讀者有關「詩的建構」的基本觀念。

至於「詩評者的條件」，則是黃榮村因應關傑明[29]對現

[29] 關傑明為英國劍橋大學文學博士，時執教於新加坡大學英文系，且為中國時報「海外專欄」作家。他在1972年2月28、29日，及9月10、11日分別於《中國時報》發表〈中國現代詩人的困境〉及〈中國現代詩的幻境〉兩篇評論；1973年7月又在《龍族詩刊》第九號（評論專號）發表〈再談中國「現代詩」〉一文，其內容對當時現代詩的表現方式頗有詰難，並引起後續的論爭。

代詩質疑後的反思，他也相對提出詩評者所應具備的基本條件。包括：「1.對創作歷程的個別殊異性有一基本的概念，才能從語言或其他方面研究作品的表層結構與深層結構的問題。2.認識本身的極限，瞭解自己及他人經驗的限制，以建設性批評的態度去讀文章，較易有更原創性、更敏感的觀念產生。3.懸疑判斷（Suspended Judgement）的修養。」

最後，關於「文學作品的心理分析解決了深層的心理活動嗎？」的問題。黃榮村則針對當時心理分析應用於文學的浮濫與不求甚解發出警語。他明確指出：「援用常識性的想法先做最直接的契入，乃是文學批評的第一步。該一方向正確後，便可引用各家理論為支持，若不此之圖，必將導致詮釋的死胡同。」科班出身的黃榮村雖然對心理分析在臺灣詩壇的發展抱持著樂觀的態度，但是心理分析的侷限與誤用，卻也是不得不謹慎的問題。

〈搖滾樂與現代詩之一〉是黃榮村詩論中較長的一篇，但處理的內容卻明顯偏向西洋搖滾樂手對戰爭的看法，以及如何經由歌謠的特性以求表現。開頭雖然是從余光中、洛夫、羅門等詩人對戰爭的感受方式及表現技巧出發，但絕大部分的篇幅還是放在介紹Graham Nash：「戰爭」（Military Madness）、Don McLean：「墳墓」（The Grave）、Stephen Stills：「找尋自由的代價」（Find the Cost of Freedom）、John Lennon：「想像」（Imagine）等歌手及歌詞的詮釋，但有關現代詩的論述，反倒是付諸闕如。

至於〈論文學工作者應有的素養〉，則是黃榮村所有詩論中，分量最可觀，內容也最豐富多樣的一篇。該文前有：「本文打算從比較理論性的觀點著手，論及批評及反批評所可能導致的誤差，並從此誤差現象提出三點比較理性的要求，而這三點理性的要求，筆者認為正是當前文學工作者所應具備的基本素養」云云，也正明確地闡述此篇的寫作動機與要點。

該文共分三節，第一節「失言與失人」主要是針對唐文標[30]的種種批評（尤其是文學部分）。雖然黃榮村某種程度地接受了唐文標「社會性文學」的觀念，但是對於他基礎文學素養不足，文學觀念僵化，以及忽略認知複雜因素等部分，均有所批評，是以整體的論述仍是貶多於褒。

而第二節「理性的聲音」則是強調文學工作者必須具備「思想性」、「社會性」、「邏輯性」等理性修養。其「思想性」的內涵是：「當代文學固然不必一定為哲學或文化服務，但至少它們應當是把握住時代脈搏或超越時代的作品。……一個有深度的文學創作者，應該具備有某一程度的當代哲學、文藝及科學的素養。……找出傳統的精義及其存留的影響與所代表的意義。……在現代與傳統之間求得一個平衡，是一個作家走向『思想性』的第一步。」

其次的「社會性」則認定：「在內容方面需經由社會現象的衝擊，以一種悲天憫人的心懷與精銳的判斷，找出這個社會現象最重要的成分以及變遷的歷程，而進入哲理的境界。在

[30] 唐文標時為臺大數學系的客座教授。其實早在1972年11月《中外文學》第一卷第六期，他便以「史君美」的筆名，發表〈先檢討我們自己吧〉呼應關傑明。接著在1973年7月於《龍族詩刊》第九號（評論專號）發表〈什麼時代什麼地方什麼人——論傳統詩與現代詩〉，次月，在《文季》第一期發表〈詩的沒落——台港新詩的歷史批判〉，同時也在《中外文學》第二卷第三期發表〈僵斃的現代詩〉（這三篇論文後皆收入唐文標《天國不是我們的》一書中。此與之前關傑明所引發的問題，形成70年代前期對現代詩觀念的辯駁與反思。

技巧方面則切忌白描，而需具有得體的意象語言，妥善的運用象徵。如此才稱得上是一篇上乘的『社會性』作品。」

至於「邏輯性」的部分是要講究：「處理有關前提和結論的問題。……在文學裡自不必如此拘泥如此嚴格，但其中分寸卻應把持，以結構不致鬆亂為原則。」最後，黃榮村並以葉慈（W.B. Yeats，1865～1939）的〈再度降臨〉（The Second Coming）為例，說明如何在一篇作品中，同時達到「思想性」、「社會性」、「邏輯性」的要求。

而在第三節的「結語」，黃榮村又另外提出「藝術性在哪兒？」和「何必訂定準則」的疑惑。關於前者，黃榮村以「藝術性」為一種次級的元素（secondary principle），是用而非體，故毋須列論。至於後者，則是以大多數的需求為本。由於需要或欠缺，也由於時代變遷，此外也包含作者的自身因素，文學有其共通性與個別性，但針對多數的需求與期待，發展適合時代特性的文學實有其必要。

總的來看，黃榮村這四篇詩論對於詩作的批評原則與方法建樹頗多，包含評論者的基本學養，或是批評的步驟順序，乃至援引學說理論的方式，均有其深刻的見解。而強調理性與感性的結合，重視詩作、詩評的社會作用，同樣也是黃榮村詩論的核心。

五、結論

在70年代臺灣現代詩的開展上，「龍族詩社」佔有舉足輕重的地位，而黃榮村身為「龍族」的主要成員之一，其詩作與詩論的具體成績，自然也融入臺灣新詩歷史的脈絡。

就創作言，黃榮村自1964年加入《新象》詩刊起，至1974年底於《龍族詩刊》第十三期發表〈遠行〉及〈送行〉為止，前後超過十年的創作生涯，也累積相當的作品與成長經歷。從早期的鋪陳敘述、頻頻用典，處處可見刻畫斧鑿，到後來逐漸趨向清新自然的平實風格，其詩風的轉變，也相對標誌著詩人寫作技巧與心態的調整。

從評論面來看，黃榮村的作品雖然有限，但是他不流於「唯心式」的印象批評。且由於長期接受學術訓練，使得黃榮村相當重視邏輯條理，強調社會價值，並要求批評者的基礎學養，這確實是值得肯定的方向。

黃榮村大約在1975年停止文學創作與評論，其背景原因我們不得而知。翌年，他取得博士學位，便開始漫長的學術與政治生涯，在此同時，他也告別了詩人之路。而在歷任國立臺灣大學心理學系主任、教育學程中心主任、行政院教改會委員、國科會人文及社會科學發展處處長、921災後重建民間諮詢團執行長、行政院政務委員，及現任的教育部長後。昔日的詩人黃榮村，或許早已被同儕淡忘。但不論是昔日充滿抱負的文藝青年，或是今朝日理萬機的教育部部長，一個相同的名字，身處在不同的時空背景中，都曾努力付出，嘗試實現那些曾經或未來的目標與理想。

愛在何方？情歸何處？——蕭蕭愛情詩的思維與實踐

一、前言

蕭蕭（蕭水順，1947～）是臺灣中生代著名的散文家、詩人與評論家，其個人詩集迄今共有11冊出版[1]，包括：《舉目》（1978年6月）、《悲涼》（1982年11月，並收入《舉目》所有的詩作）、《毫末天地》（1989年7月）、《緣無緣》（1996年3月）、《雲邊書》（1998年7月）、《皈依風皈依松》（2000年2月）、《凝神》（2000年4月）、《蕭蕭・世紀詩選》（2000年5月）、《後更年期的白色憂傷》（2007年12月）、《草葉隨意書》（2008年10月）、《情無限・思無邪》（2011年3月）。關於其詩作的特點，也如陳巍仁所言：「綜觀蕭蕭的詩作，有兩個特色最常被提出，一是『小』，二是『禪』」[2]。是以歷來討論蕭蕭的詩作，也多聚焦於「小詩的形式」與「禪思的意境」這兩大板塊。然而作為一種書寫的可能

1 不包含童詩集《我是西瓜爸爸》（2000年09月）及英譯本《蕭蕭短詩選》（2002年06月）兩冊。

2 陳巍仁，〈羚羊如何睡覺？〉，收錄於林明德編，《蕭蕭新詩乾坤——蕭蕭新詩研究》（臺中：晨星，2009），頁91。

內涵，蕭蕭對於「愛情」的態度又是如何？

《毛詩序》云：「詩者，志之所之也，在心為志，發言為詩。」詩人的寫作方向，是由詩人的內心主導，而主導的力量，便是一己的詩觀。詩觀是詩人創作的核心，自然也主導其寫作的趨向，蕭蕭曾自述：

> 詩是從「詩緣情」的內在衝動，有我的、感性的開始，而後才有積極的、知性的、有我的「詩言志」。「詩緣情」是無法控御的內在衝動，是憑空而來的靈思；「詩言志」則是理性的、省思的，講究傳達方法的言說。最後希望達至「詩（思）無邪」的無我境界。[3]

這三個彼此承接、先後遞進的層次，也正是蕭蕭對於新詩的創作態度，他更進一步解釋：

> 「詩緣情」→「詩言志」→「詩無邪」，是詩的三部曲，「詩緣情」從無到有（從無情無思到有情有詩），「詩言志」從有到有（從有情無思到有物有法），「詩無邪」從有到無（從有方法到無不可用的方法，從有境界到無不可入的境界），這是我寫詩的理想。[4]

蕭蕭最終雖只拈出「空白」二字作為詩觀，只是「空白」的理想究竟該如何落實？是司空圖的「不著一字，盡得風

---

[3] 蕭蕭，〈蕭蕭詩觀〉，《蕭蕭・世紀詩選》（臺北：爾雅，2000），頁5。

[4] 同註3。

流」，還是嚴羽的「羚羊掛角，無跡可求」？就表現的方式言，「情感、思想、觀念、意志、經驗、體悟，都可以成為詩的內容」。[5]事實上，蕭蕭在第一本詩集《舉目》就已明確指出：

> 從天到人的關心，從人到地的熱愛，我有著很深很深的冥合為一的觀念。……。這是我最新的作品，均是最老最舊，一直流盪在心中的感情。[6]

雖說這裡的「感情」並非專指「愛情」，但作為感情的重要成分，蕭蕭怎能無動於衷？蕭蕭雖不似眾多專以愛情詩而聞名的現代詩人，但是這一類詩作的書寫，應該也是落實其個人創作理念的方式之一。因此針對其愛情詩的寫作意圖加以窺探，也當是建構蕭蕭寫作板塊中所不容忽視的一環。

二、蕭蕭「愛情詩」的解析與探討

林毓鈞指出：「在蕭蕭的作品中，寫夫妻、男女之愛的部分並不多，但卻是溫婉動人的」。[7]而在檢閱蕭蕭所有的詩集之後，以下將引述3首最為經典的愛情詩作，進行解析探討。

身高不是距離——

愛之雙眼的仰角剛好切入

[5] 同註3。

[6] 蕭蕭，〈舉目後記〉，《舉目》（彰化：大昇，1978），頁110。

[7] 林毓鈞，〈蕭蕭新詩研究〉，（彰化：彰化師範大學國語文教學碩士論文，2006），頁92。

我兩片紅唇微顫的俯視英姿
一件穿了三年的襯衫
可以印證
植物也會抽長自己
至於電燈嵌入天花板好些
還是懸空的亮度足？
實在說沒有什麼關係
開關總在中丹田的兩側

體重不是壓力——

有點獸又不太獸
新的生理美學已然確立
因此，不管是誰的雙手
都不是為了掌握你，或者我
我的心臟只要能負荷你的
心跳
也就可以承載唐詩之後的相思
你的呼吸只要能調勻我的
脈搏
也就能引長那一聲聲喘息

年齡不是問題——

十八歲的人偶而會讀些遠古的歷史
三十八歲的人勇敢踏入
新發現的小荒島
五十八比六十
六十比七十還年少

民國以後

沒有幾個人懂得

天干地支與魚尾紋

魚尾紋與水文

性別沒有關係——

柔軟的是心

堅挺的是俠骨

十一月以後

大家偎依體溫

三月花開

四月春滿

五月舔吻冰淇淋

堅挺的是你

柔軟的是山的脊稜

這一切，大自然的自然

唯一之一[8]

〈愛情唯一〉收錄在《雲邊書》，這是蕭蕭少數直接以「愛情」入題的詩作，全篇分別以「身高不是距離——」、「體重不是壓力——」、「年齡不是問題——」、「性別沒有關係——」等四句流行語帶領，分別展開9行、10行、9行、10行的論述。其中某些充滿性暗示的文字，在蕭蕭的一般詩作非常罕見，如「開關總在中丹田的兩側」、「也就能引長那

[8] 蕭蕭，〈愛情唯一〉，《雲邊書》（臺北：九歌，1998），頁69-73。

一聲聲喘息」、「堅挺的是你／柔軟的是山的脊稜」，另外如「有點獸又不太獸」的音義雙關，「十八歲的人偶而會讀些遠古的歷史／三十八歲的人勇敢踏入」的對比映襯，以及「十一月以後／大家偎依體溫／三月花開／四月春滿／五月舔吻冰淇淋」的層遞暗示，全都饒富趣味。至於詩作最終以「這一切，大自然的自然／唯一之一」作結，不僅回扣主題，同時也隱含「姻緣天注定」的想法。兩個注定應該在一起的人，是不會受到外在困境的拘束，只要真心相愛，有情人終成眷屬。「愛情唯一」的命題，也就由此確立。

再如〈愛情二式〉，也是另1首直接以愛情入題的詩作。

愛情（A）

紅袖一揮

襟褶處

兩隻蛺蝶翩翩　飛　起

飛　舞

　　飛

入

徘徊夢境的他的夢境裡

愛情（B）

瓶蓋輕輕而旋

酒香撲鼻

鼻，一酸

人，萎成一團爛泥

他輕輕覆蓋著

如草芥糞壤，輕輕覆蓋著她[9]

〈愛情二式〉收錄於《凝神》，這是一本以「一題多寫」為主軸的系列詩集，創作期間集中在1998年6月至2000年2月。這首詩作的（A）式，使用「紅袖」、「蛺蝶」等古典意象，並用立體化的方式，分別展現「飛起」、「飛舞」和「飛入」，並以「徘徊夢境的他的夢境裡」作結。至於（B）式則是每段2行，共三段6行的結構，先從旋開瓶蓋，聞到「酒香撲鼻」開始，再到鼻酸之後的「人，萎成一團爛泥」，最後則是「如草芥糞壤，輕輕覆蓋著她」，彷如「化作春泥更護花」的無盡付出。這首詩採取順序描述與對比的結果，全詩從夢幻的（A）式開始，而回歸「草芥糞壤」的結束，愛情有其夢幻的幻想，卻也難逃必須面對的殘酷現實。

除了上述的2首詩作之外，〈風中之歌〉則是蕭蕭自述「一九九六年，第一次試寫情歌」，這樣的例子絕無僅有，也有詳加探究的必要。

我不知道霧和露，霜和雪

[9] 蕭蕭，〈愛情二式〉，《凝神》（臺北：文史哲，2000），頁62-63。

那迷人的白
有著什麼樣的區別？
白天過了是黑夜
天秤偶而也會傾斜
他們交集的那一點
是日，是夜？
是正，是邪？
費疑猜，更費心血

我不知道朋友可不可以漫步牽手
情人只能微笑點頭？
風吹著荷花
也吹著搖曳生姿的楊柳
雨落在嘉南平原上
也落在那容易叫疼的傷口
是留？
是走？
回的是頭，分的是手
為什麼絞痛的總是胸口？

我不知道
我是你的最愛，或者
你是我的唯一？
三百六十五個日子
我們只有春夏秋冬相聚首

二十四小時一天
在幾通電話中容易溜過
短短一分鐘
竟有六十秒那麼長的惦記
我是巧克力
還是芬香劑？
你是巧克力的甘甜
還是巧克力的黏膩？

我不知道那風啊
來自八方還要吹向哪裡？

◆一九九六年，第一次試寫情歌。[10]

由「一九九六年，第一次試寫情歌」的自註，可以看出蕭蕭對於「情歌」嘗試的時間較遲，且由於必須考慮「入樂」的條件，因此在形式對應和韻腳考究，也有一定的想法。詩作的三段皆以「我不知道」開頭，首段共9行，以「ㄝ、ㄞ」為韻腳，韻字計有：雪、白、別、夜、斜、夜、斜、猜、血。次段共10行，以「ㄡ」為韻腳，韻字計有：手、頭、柳、口、留、走、頭、手、口。三段共13行，以「ㄧ」為韻腳，韻字計有：一、記、力、劑、膩。末段則只有兩行，總結前三段成為「我不知道那風啊／來自八方還要吹向哪裡？」的結論。

[10] 蕭蕭，〈風中之歌〉，《皈依風皈依松》（臺北：文史哲，2000），頁104-107。

雖然這首詩有明顯「入樂」的企圖，因此作者在用字的淺白與韻律的協調是多所用心，但是詩人的寫作習慣，仍讓這首「試寫情歌」的歌詞和一般的流行音樂有所落差，不論是字數偏多或行數結構參差，顯然都會造成譜曲的困擾。整體而言，這首「創作」仍偏向「現代詩」的寫作模式，其內容應該合乎「情歌」的要求，但在形式的設計，或許還有可以討論的空間。

總結以上3首蕭蕭最為經典的愛情詩來看，我們可以發現以下的三項特色。首先，以篇幅的長短言，和蕭蕭一般偏向短小詩作的習慣大相逕庭，蕭蕭的經典愛情詩，普遍占有較長的篇幅。其次，以內容的選取而言，蕭蕭也迥異其他此類型的寫作者，蕭蕭鮮少觸碰禁忌的肉體或動作，而多選用相對保險的「普級內容」。最後，在寫作的原則，蕭蕭偏向採用含蓄的描繪或譬喻，或是以間接的描寫手法，這也是蕭蕭處理愛情詩的重要特色。

三、蕭蕭「愛情詩」的意涵與意境

所謂「情動於中而形於言」，情愛的感動與詩作的產生，有其相互依存的關係。蕭蕭雖不專以「書寫愛情」聞名，但在歷來的諸多詩作，也有不少是把「愛情」作為傳達某些意涵的一種書寫策略。

只是一陣暗香　浮動

讓愛有了寄託

讓情有了追索的線索

那遠遠的月，昏昏黃黃

彷彿也在訴說遠古的傳說，暗香浮動[11]

這裡雖然也「有愛有情」，但詩人似乎非以小我為核心，主要還是以宋代詩人林逋〈山園小梅〉中「暗香浮動月黃昏」的典故延伸，作為全篇敘說的重點，愛情僅是作為襯托的策略。又如〈水戲之十五〉：

風在水面上寫了一個

草書體的愛

雲來不及細描

樹來不及贊嘆

魚來不及拜讀

風返身

草寫的愛又水

一樣玲瓏[12]

風在水面寫字，自然是稍縱即逝；而「草書體的愛」又該如何掌握？這些雲、樹、魚都來不及細描、贊（讚）嘆、拜讀的「愛」，人又該如何掌握？是以蕭蕭對於「愛情」的不確定性，也曾出現他的詩作。

[11] 蕭蕭，〈暗香浮動〉，《皈依風皈依松》（臺北：文史哲，2000），頁59。

[12] 蕭蕭，〈水戲之十五〉，《雲邊書》（臺北：九歌，1998），頁149。

你說你不保證花一定會開
我也不保證蜜蜂會來
誰能保證蝴蝶雙雙對對，花開富貴
惟西風信誓旦旦：
花謝之前，情愛已老[13]

西風是秋天的象徵，而當秋意蕭瑟之後，很多美好的過往即將消逝，所以花、蜜蜂、蝴蝶的保證，也無法完全兌現，而唯一信誓旦旦的，卻是西風所說「花謝之前，情愛已老」，如此的感慨，似乎也顯現蕭蕭對於膚淺愛情的不信任。又如：

曾經熟悉古奧的雷聲
卻不能解讀你眼角的一滴淚

通常淅瀝的雨
都落在陰霾的天
月光蒼茫時
總要帶走一些紛飛思緒
我不倚欄干
在雨絲與思緒的巨大間隙裡
保持濕潤
或者不濕潤

[13] 蕭蕭，〈西風的信誓〉，《皈依風皈依松》，頁43。

寫意，或者不寫
隨著燈光游移
有時鵝黃有時逆時鐘轉為等待
有時無所謂寫不寫意
唐朝的荔枝不比宋朝的西江月香

有人相愛
有人不相愛
李商隱的詩意象在你的淚光中
未滴欲滴[14]

雖然此處也還是在「談情說愛」，但採用的是二元對立書寫，於是在諸多的對比之後，總結「有人相愛／有人不相愛／李商隱的詩意象在你的淚光中／未滴欲滴」。這裡不但有對愛情的質疑，而且諸多歷史典故的比重，顯然也遠多於對愛情的描寫。

當然，除了利用「愛情」作為意涵的書寫策略之外，蕭蕭還有很多具有禪趣的思維，也經常會利用「愛情」作為相互發明的對應內容，〈我心中那頭牛啊！〉（乙篇）應是最為貼切的代表。

〈我心中那頭牛啊！〉（乙篇）和〈我心中那頭牛啊！〉（甲篇）為姊妹作，其源頭皆為「牧牛圖」十圖，亦

[14] 蕭蕭，〈鑑淚〉，《雲邊書》（臺北：九歌，1998），頁66。

為《緣無緣》的壓卷之作，關於〈我心中那頭牛啊！〉（乙篇）和愛情的關係，則在詩作的附註明言。

> 儒家有「求其放心」之說，佛家也有執杖視牛，不令縱逸的《牧牛圖頌》，太白山普明禪師自〈未牧〉而〈雙泯〉傳詩十章，所謂「人牛不見處，正是月明時」是也，此乃〈我心中那頭牛啊！〉（甲篇）之所依。後又有梁山廓庵則和尚另作《十牛圖頌》，起從〈尋牛〉，終至〈入廛〉，所謂「混俗和光，隨流得妙」是也，再因其頌詩，借男女情愛而作〈我心中那頭牛啊！〉（乙篇），兩篇參看，或可有所發有所明有所悟有所通，有所笑。[15]

〈我心中那頭牛啊！〉（乙篇）雖以禪詩（圖）為本，但借用表現的技巧，卻是以男女之際為本。「像在『初調第二』，蕭蕭描述了自己初追上蠻牛，將之穿鼻絡首。當時氣息的喘動，心跳的勃勃，讀者就彷彿感到克制情欲的困難和七上八下，心境不由得和詩境融而為一，相即不離」。[16]類似這樣纏綿悱惻的詩句，在詩作中更是隨處可見。

> 詩不會比想念你的日子長
> 但已足夠我練習「愛」字的發音[17]

---

[15] 蕭蕭，〈我心中那頭牛啊！〉（乙篇），《緣無緣》（彰化：大昇，1996），頁166。

[16] 吳肇嘉，〈讀蕭蕭我心中那頭牛啊！〉，《臺灣詩學季刊》第28期，1999年9月，頁56。

[17] 蕭蕭，〈我心中那頭牛啊！〉（乙篇），《緣無緣》，頁146。

有時援引基隆河的淙淙之聲
山顛海角立下盟約
或者學習大甲溪
直直衝向情愛海洋而無反顧[18]

你與我相愛
看著吻過的你的青春痘
是不是紅潤了一些
紅潤了一些還是你的青春痘
我的髭鬚
看著與你與我與汗水綿纏過的
你的泥我的泥
是不是還留著那興奮的春天的聲音[19]

以情愛的文字為表面，但經由書寫內容所闡釋的，卻是更為深刻的禪趣。張默云：「從『尋牛』到『入廛』，係以男女情愛比擬其境，大膽顛覆，完全絕裂，十分驚險，讀者可能懷疑這是悟理之作還是言情之詩，作者一反常態，逆向操作，逆風而行，可能它就是禪與詩的美妙處」。[20]將深刻的禪趣寄託於浮面的愛情，這也許是蕭蕭在有限的愛情詩創作中，所欲傳達的無限旨意吧！

[18] 同註17，頁147。
[19] 同註17，頁162-163。
[20] 張默，〈垂今釣古話蕭蕭〉，《緣無緣》，頁19-20。

四、結論：回首蕭瑟

陸機《文賦》云：「詩緣情而綺靡」，嚴羽《滄浪詩話》亦曰：「詩者，吟詠情性也」。中國傳統詩歌向來是以抒情為大宗，而在現代詩同樣也不例外，縱然「現代派」提出的「六大信條」中，曾力主「知性之強調」，但言者諄諄，聽者藐藐，絕大多數的現代詩人，仍難脫「談情說愛」的桎梏，甚至以此自豪。

換個角度來看，臺灣的新詩歷史雖然不足百年，但少數流傳廣布、口誦心傳，仍多為歌詠愛情的佳篇，甚至多有選入教科書而成為經典者。誠然，愛情詩的影響深遠自是難以否定，然而在男女之間的情愛之外，是否還有另一種「談情說愛」的可能？喻麗清曾說：

> 情詩，多半表現的是情緒而非思想，所發抒之情又多半只屬於兩個人的世界，視界既窄，故多淺薄。好的情詩，不僅要有婉約的情韻，更要有優美的想像，它最需要靠才性而不是功夫技巧。[21]

蕭蕭對「愛情」主題的著墨有限，並非是無情無愛的結果，在他2011年3月甫出版的《情無限．思無邪》也可以再次證明，蕭蕭對於愛情的實踐與體悟，應該是有更高妙的體悟和趣味。

---

[21] 喻麗清，〈雜話情詩〉，《情詩一百》（臺北：爾雅，1982），頁2。

我以我的舌尖緩緩潤澤

妳水蛇的腰身豐隆的雙乳

柔柔那麼一轉一繞，一繞一轉

前生今世永恆的糾纏[22]

這首詩寫的是飲茶的風情，非關色欲，然而借用情愛的表述，卻能呈現更深刻的寓意。正所謂：「國風好色而不淫」，蕭蕭深諳其道，於是從色相表面的描繪，到深刻禪趣的寄託啟示，也正是蕭蕭在愛情詩所做出的另一種可能的展示。

白靈曾表示：「中國古典文學（尤其王維）、老莊思想、佛學、禪宗公案等對蕭蕭都有影響」[23]，而不論是落蒂所說的「禪意十足」[24]，或是丁旭輝認為的「詩意隱匿而豐盈」[25]，其實都是蕭蕭「色即是空，空即是色」的創作理念實踐。或許蕭蕭那些「說愛談情」的詩作，未必就只是「談情說愛」而已。同樣的，隱藏在愛情之中或之外的想法或理趣，也許才是蕭蕭系列創作真正的目的所在。因此當我們面對蕭蕭的愛情詩作時，若單單只以愛情的角度詮釋發揮，也不免遺失了更多的可能，甚或是其真正所要表達的微言大義。

[22] 蕭蕭，〈舌尖——四飲之一〉，《情無限・思無邪》（臺北：釀出版，2011），頁158。

[23] 白靈，〈煙火與水舞——蕭蕭小詩中的空白美學〉，《創世紀詩雜誌》第166期，2011年3月，頁164。

[24] 落蒂，〈水已自在開花〉，《後更年期的白色憂傷》（臺北：唐山，2007）【附錄】，頁94。

[1] 丁旭輝，〈論蕭蕭短詩的簡約美學〉，彰化師範大學國文學系《國文學誌》第10期，2005年6月，頁64。

莫渝「類型詩作」的表現方式與主題意涵

一、前言

打開窗戶

看見白雲

輕巧飄過的姿態

映入眼前

故意

要我從藍天尋找一處樂園

我卻俯視

在毗連的高樓間

捕捉人間聲音的熟悉與

親切[1]

這首〈窗〉是莫渝1980年出版詩集《長城》時的序詩，

[2] 莫渝，《莫渝詩文集IV》（苗栗：苗栗縣文化局，2005），頁39。

但同樣也可以視為莫渝表達其不願意背離現實「從藍天尋找一處樂園」，卻寧可「在毗連的高樓間／捕捉人間聲音的熟悉與／親切」的真實寫照。

同樣的，在〈旅人的話〉裡，莫渝也說：「我的行囊裡裝填的不是誰的笑意，也沒有誰樂意獻出他的微笑。然而，我會在旅程中，撿拾任何足以構成詩篇的材料。」[2]是以莫渝堅持創作的心情，也以其具體的作品而加以呈現。

事實上，「詩的創作過程，也許苦澀、悲涼，但批判現實，感動人心該是詩的兩股使命，我願以畢生的努力，追求並完成。」[3]這是莫渝動人的堅持，也是他多年來持續努力的方向。

近年來，莫渝雖多著力於文學評論與翻譯，然其四十餘年來的創作與五本個人詩集的出版，亦是不容忽視的成就。在創作的路途上，莫渝也許是寂寞的，但是站在臺灣新詩發展的歷程而言，這些曾經付出心血的拓荒者，都是值得被尊敬的研究對象，他們也應該獲得合理的掌聲，並賦予其應有的地位。

二、莫渝的生平與創作概況

莫渝，本名林良雅，1948年生，臺灣省苗栗縣竹南鎮人。1968年臺中師專畢業後，即任教於小學，後於淡江大學法文系進修，1982～1983年間遊學法國。1998年自國小退休後，即於出版社任職，目前仍積極從事寫作、翻譯與文學評

---

3 莫渝，〈旅人的話〉，《走在文學邊緣》上冊（臺北：商務，1981），頁1-2。

4 莫渝，〈莫渝詩觀〉，《土地的戀歌》（臺北：笠詩刊，1986），頁4。

介的工作。

莫渝自1964年開始寫詩，目前為笠詩社同仁、臺灣筆會會員。曾獲優秀青年詩人獎、新詩學會新詩創作獎、教育部文藝創作獎、，笠詩社詩翻譯獎。著有：詩集《無語的春天》（1979）、《長城》（1980）、《土地的戀歌》（1986）、《浮雲集》（1990）、《水鏡》（1995、1998），詩作亦曾譯為多國文字，收錄於各種刊物及選集。另有散文與評論：《走在文學邊緣》、《愛與和平的禮讚》、《河畔草》、《閱讀臺灣散文詩》、《笠下的一群》、《臺灣新詩筆記》、《法國文學筆記》等，翻譯：《法國詩選》三冊、《比利提斯之歌》、《惡之華》、《韓波詩文集》、《法國情詩選》等，而《莫渝詩文集》五冊，甫於2005年4月，由苗栗縣文化局出版，這也是當前研究莫渝作品的最重要工具。

1965年莫渝以筆名「迎曦」首度於報紙上發表新詩〈給憂鬱的年華〉，此階段受到陳恆嘉、陌上桑與趙天儀等的啟發，以及周夢蝶和李商隱詩的影響。稍後則致力於介紹與翻譯法國詩歌。80年代起，開始翻譯第三世界國家的詩選，並致力於譯詩研究與名家介紹。90年代以後，則將重心轉回臺灣文學，目前除了全力推廣新詩之外，也涉入研究與評論兒童文學。

而歷經四十餘年的歲月，莫渝仍執著於詩文的領域而未嘗稍有懈怠，其出版著作總計超過四十冊，各種類型的研究也有可觀的累積，其中包括林煥彰、解昆樺、趙迺定、蔡秀菊、葉笛、郭楓、涂靜怡、許俊雅等海峽兩岸詩人、學者均曾為文品介。是以個人敢附驥尾，也以莫渝的「類型詩作」為主題，進行相關的分析與研究。

三、莫渝「類型詩作」的表現方式與主題意涵

所謂的「類型詩作」，並非「組詩」。一般所稱的「組詩」，古稱「連章」。而所謂的「連章」，即是作者透過反覆書寫同一主題，以求盡情抒發情感的寫作方式。所以「蓋連章詩者，在於抒寫不盡之情感寄興」[4]，也就是這樣的意思。傳統的〈歸園田居〉5首、〈秋興〉8首等，都是所謂的連章詩（組詩）。

不過本文所稱的「類型詩作」，並非是指在同一題目之下的從屬系列連作。個人所謂的「類型詩作」，是指題目類型相近，且詩作間具有平行聯繫關係的作品。基本而言，「類型詩作」除了題目具有局部的「重複性」之外，寫作時間相同（近），發表時間與刊物的一致，也可以當作檢視「類型詩作」的重要輔助條件。

依據前列原則，我們通盤檢視莫渝的所有詩作，大致可以分析出如下的十四種接近「類型詩作」模式（參見表1）。

表1　莫渝「類型詩作」之相關內容一覽表

類型	詩題	完成時間	發表時間	發表刊物／期數
○之奈何	〈煙之奈何〉	1968.01.03	1968.01.03	《笠》詩刊25期
	〈歌之奈何〉	1968.10.22		
斷○	〈斷橋〉	1970.02.22		《臺灣文藝》31期

[4] 廖美玉，《杜甫連章詩研究》（臺中：東海大學中國文學研究所碩士論文，1979），頁3。

	〈斷夢〉	1970.03.01	1970.	《這一代月刊》2期
	〈斷崖〉	1970.03.11	1970.	《這一代月刊》4期
	〈斷柯〉	1970.05.20		
	〈斷臉〉	1970.06.06	1972.06.15	《笠》詩刊49期
○的困擾	〈錶的困擾〉	1972.07.20	1972.10.	《臺灣文藝》37期
	〈搭公車的困擾〉	1972.07.20	1972.10.	《臺灣文藝》37期
	〈眼鏡的困擾〉	1972.07.28	1972.10.	《臺灣文藝》37期
○○或□□	〈今天或明天〉	1972.08.09	1973.02.15	《笠》詩刊53期
	〈天空或地上〉	1972.08.18	1972.11.01 1973.02.15	《大地》詩刊2期 《笠》詩刊53期
沒有○的□	〈沒有神的廟〉	1972.10.27	1973.01.15	《後浪詩刊》3期
	〈沒有窗的房間〉	1972.10.27	1973.01.15	《後浪詩刊》3期
	〈沒有草的操場〉	1972.11.24	1973.01.15	《後浪詩刊》3期
	〈沒有鳥的天空〉	1972.11.24	1973.01.15	《後浪詩刊》3期
	〈沒有魚的河流〉	1972.11.27	1973.01.15	《後浪詩刊》3期
	〈沒有人要的星空〉	1972.		
	〈沒有音樂的哀歌〉	1973.01.01	1975.02.	《後浪詩刊》4期
	〈沒有鄉愁的人們〉	1973.01.11	1975.02.	《後浪詩刊》4期
	〈沒有砲火的戰線〉	1973.01.21	1974.03.15	《後浪詩刊》4期
月光○	〈月光路〉	1972.11.22	1973.05.15	《後浪詩刊》5期
	〈月光曲〉	1972.11.22	1973.05.15	《後浪詩刊》5期
春○	〈春雷〉	1974.04.12	1974.07.15	《後浪詩刊》12期
	〈春痕〉	1974.05.03	1974.07.15	《後浪詩刊》12期
懷○（詩人）	〈懷杜伯雷〉	1974.12.06	1975.02.	《詩人季刊》2期
	〈懷李白〉	1974.12.06	1975.02.	《詩人季刊》2期
	〈懷李賀〉	1974.12.07	1975.02.	《詩人季刊》2期
	〈懷杜甫〉	1974.12.08	1975.02.	《詩人季刊》2期
○墳	〈荒墳〉	1977.04.05	1977.10.15	《笠》詩刊81期
	〈冷墳〉	1977.04.05	1977.10.15	《笠》詩刊81期
	〈上墳〉	1978.01.22		
老○○的□□	〈老戰士的獨白〉	1978.04.	1978.10.15	《笠》詩刊87期

	〈老校工的黃昏〉	1978.04.	1978.10.15	《笠》詩刊87期
○○的聲音	〈雪地的聲音〉	1980.	1980.05.	《中華文藝》111期
	〈鄉愁的聲音〉	1980.	1980.05.	《中華文藝》111期
	〈荷的聲音〉	1980.		
○○的哲學	〈候鳥的哲學〉	1982.10.	1983.06.15	《笠》詩刊115期
	〈雪的哲學〉	1982.11	1983.06.15	《笠》詩刊115期
○○孤兒	〈戰爭孤兒〉	1984.		
	〈饑荒孤兒〉	1984.		
○傷	〈彈傷〉	1991.05	1991.05.18	《自立早報》副刊
	〈箭傷〉	1991.05.	1991.05.18	《自立早報》副刊

從以上的表格內容檢視，有關莫渝「類型詩作」肇始，似乎可以上溯至1968年〈煙之奈何〉與〈歌之奈何〉的「○之奈何」系列。然而詳考其內容與發表狀況後卻可以發現，「○之奈何」的2首作品似乎關連不多。至於1970年的「斷○」系列雖然也具「類型詩作」的雛形，然而各詩作間實存有諸多差異，其中僅有〈斷夢〉與〈斷崖〉的關係較近，其餘的風貌亦不見統一。故以下針對莫渝「類型詩作」的討論，將從1972年「○的困擾」系列開始談起。

（一）○的困擾

此系列為1972年的作品，包括〈錶的困擾〉、〈搭公車的困擾〉與〈眼鏡的困擾〉等3首，這些作品同樣是以日常生活的物品為題材，且多使用散文化的語言表現。在〈錶的困擾〉中，是以幽默的方式，傳達人們對於錶的困擾。

本來相安無事的兩隻手臂

突然

因為一隻錶

鬧起不愉快

戴在左腕

（太重了）

左肩陷了下去

戴在右腕

（太重了）

右臂無法擺動

怎麼辦？

還是回到

沒有時間只要太陽的日子[5]

文明的產物雖然帶給人們便利，另一方面卻是種負擔或者累贅，困擾產生後想回歸從前的單純生活，也是自然而然。就像是在繁忙的都市裡，以公車代步的人頗多，大眾交通工具固然方便，卻也有其不便之處。

---

[6] 莫渝，〈錶的困擾〉，《莫渝詩文集Ⅰ》（苗栗：苗栗縣文化局，2005），頁118。

好不容易

擠上已經額滿的老爺車

連橫槓都攀不到

我是一葉飄萍

任人潮推擠[6]

公車的破舊，人潮的擁擠，司機的不耐煩，也在在顯示文明所帶來的麻煩與困擾。

總的來看，「○○的困擾」系列普遍是以白描的技法，融入幽默的語調，描寫生活中的種種困擾。這一方面闡述文明帶來的負面效果，另一方面也將生活的場景融入詩中，使其內容能更貼近生活且生動活潑。

（二）○○或□□

此系列也是1972年的作品，包含〈今天或明天〉和〈天空或地上〉。以上的2首詩均採用對比手法，前者是時間的對比，將現在與未來並置對照，同時引入如墳草、黑傘等死亡意象的呈現。

1.

此刻，你等的是誰

下次，等你的有誰

[7] 莫渝，〈搭公車的困擾〉，《莫渝詩文集Ｉ》，頁119。

朗朗的陽光

把路引向盡端

墳草無知地

迎風笑謔

2.

今天，送你的是我

改天，送我的有誰

濛濛的雨絲

無力地撐起天空

很像送祖父時的那把

黑傘[7]

此詩一方面感慨於時間流逝，另一方面也對生命的衰亡有所無奈。前後兩段，在景物意象上亦呈現對比，前段具有陽光的明亮，但後段則飄起雨絲，黑傘更襯托死亡的哀傷。

至於另1首〈天空或地上〉則以空間的對比，諷刺生死之間的尷尬。

再也說不出一句囈語

他死了

死在妻子的墓旁

[8] 莫渝，〈今天或明天〉，《莫渝詩文集Ⅰ》，頁124。

有人看到他的靈魂昇天

有人硬說他還活在情人們的交談中

沒有思維的我

永遠理不清天上好呢

還是地下[8]

此作以懸疑的手法，提出「有人看到他的靈魂昇天／有人硬說他還活在情人們的交談中」的爭論，然而最終卻以「沒有思維的我／永遠理不清天上好呢／還是地下」的模糊結論，讓讀者思索存在的價值或意義，其敘述手法富有辯證的效果。

總的來看，「〇〇或□□」系列，是以論證生死存亡為主體的類型作品，其文字較為隱晦，表達的意圖也相對具有歧義性。

（三）沒有〇的□

這系列的作品完成於1972至1973年間，粗略的統計有9首，這也是莫渝「類型詩作」中數量最多的一類。以寫作時間與發表的情形來看，前6首似乎可以歸為一類，而後3首則另成一個系統。而在前6首的作品中，大致是以社會現象為主題的反諷。如〈沒有神的廟〉描寫人們建廟的目的不再是因為虔誠的信仰，以擬人化的神諷刺人類的貪婪。而〈沒有窗的房間〉則是點出公寓叢生的時代景象。

[9] 莫渝，〈天空或地上〉，《莫渝詩文集Ｉ》，頁125。

公寓像有腳的野草
到處蔓衍
到處人進人出

除了隨身一盞小太陽
我看不見我自己[9]

在人口密集的都市中，縱使建築物緊密，但人與人之間的疏離感，卻是日漸顯著。人們每天在熟悉的公寓或者巷道穿梭，卻看不清別人也看不見自己，因而迷失在茫茫社會的熔爐裡。又如〈沒有草的操場〉則述說人類因利益而濫墾土地，同樣是以諷刺的口吻道出人類的惡行。

此外，包括〈沒有鳥的天空〉、〈沒有魚的河流〉與〈沒有人要的星空〉，主要是以環境汙染為題材，描寫天空與河流的汙染現象以警示人類。〈沒有鳥的天空〉導因於「煙囪是兇手／獵管對準著／日以繼夜夜以繼日的／此起／彼落」[10]，因為煙囪排放廢氣，導致鳥兒失去飛翔的天堂。至於〈沒有魚的河流〉是因為「先是祖父的垃圾／倒入／其次外鄉人噁心的痰／接著孩子們換洗衣物的污穢／最後變成工廠的自用水溝」[11]，因此魚走了，河流也死了。另外，〈沒有人要的星空〉描寫各種人物對於星空的情感、重視或者忽

[10] 莫渝，〈沒有窗的房間〉，《莫渝詩文集 I》，頁132。
[11] 莫渝，〈沒有鳥的天空〉，《莫渝詩文集 I》，頁136。
[12] 莫渝，〈沒有魚的河流〉，《莫渝詩文集 I》，頁137。

略，最後「麻臉的星空　都市的星空／沒有人理睬／一急／眼淚擠掉數顆」[12]。此處使用擬人化的手法，點出星空的寂寞以呼應題目。

至於〈沒有音樂的哀歌〉、〈沒有鄉愁的人們〉與〈沒有砲火的戰線〉這3首，則以諷刺人類的心態為主。〈沒有音樂的哀歌〉反諷現今社會音樂大不如前，已失去原有的優美本質，只為了趕上潮流、追求時尚，而不再單純地擁有音樂的美妙。另1首〈沒有鄉愁的人們〉則是以諷刺的口吻敘寫人類的忘鄉忘本。「像一塊咀嚼過久的泡泡糖／鄉愁被人們吐在地上／任狗拉屎」[13]。前列詩句是以比喻的方式，說出鄉愁受到漠視，如同泡泡糖被棄置於地，甚至被踐踏。因此，忘鄉忘本亦隨著時代的變遷漸漸顯著。最後〈沒有砲火的戰線〉所象徵的是腐敗的社會，而人們就像迷失在戰場上的士兵，他們需要的並非腐敗與沈淪，而是一股力量引領他們前進，例如競爭與戰鬥力。但因現實與理想的差距，造成人們拋棄所應肩負的責任，只因這社會的衰敗，著實令人感慨。

整體而言，在「沒有○的□」系列中，普遍都是以反面的諷刺手法，傳達社會種種的弊病與現象，衷心期待人們能主動覺醒與反思。

（四）月光○

此一系列也是1972年的作品，其中〈月光路〉與〈月光曲〉都是10行以內的短作。〈月光路〉的寫作表現頗為鮮活生動。

---

[13] 莫渝，〈沒有人要的星空〉，《莫渝詩文集Ｉ》，頁143。
[14] 莫渝，〈沒有鄉愁的人們〉，《莫渝詩文集Ｉ》，頁148。

末班車

急遽地在鋪滿月光的郊外

犁出一條

歸路

此後

月亮是天上的寒石

人間是安眠的溫馨[14]

其中動詞「犁」的使用，表現相當成功；而結尾運用「月亮是天上的寒石／人間是安眠的溫馨」的對比手法，也頗有深意。

至於另1首〈月光曲〉，也有「瑟縮的月光／被揉成散亂的寒雲」[15]的具體描寫。是以集中於「月」及「孤寂」意象的呈現，則為「月光〇」系列的主要表現特色。

（五）春〇

「春〇」系列是1974年的作品，2首詩作〈春雷〉和〈春痕〉同屬三段式的結構。〈春雷〉寫的是對自然現象茫然的反思。

[15] 莫渝，〈月光路〉，《莫渝詩文集 I》，頁133。

[16] 莫渝，〈月光曲〉，《莫渝詩文集 I》，頁134。

不知什麼時候了

無端響起這幾聲轟然

叫醒你

卻沒指點你該做何事[16]

而〈春痕〉則隱含對時光流逝的感慨。

那聲呢喃

彷彿急湍的漩渦

了無痕跡的捲走一切

僅留下些微投影，在

乍醒還睡的憶念中[17]

「春○」系列主要是「感時起興」的詩作，因此作品的篇幅多半不長，而其內容也多與生活的所思所感相結合。

（六）懷○（詩人）

此系列是以詩人為主題，創作於1974年間，包含法國詩人——杜伯雷，與中國唐朝的三位詩人——李白、李賀和杜甫。杜伯雷是法國十六世紀「七星詩社」的大將，而李白是「詩仙」，杜甫是「詩聖」，李賀為「詩鬼」，可見他們在詩史上的重要性。因此這一系列的詩作，即以緬懷詩人為主題，寫出詩人的特色與事蹟。例如〈懷李白〉即敘寫李白與長

[17] 莫渝，〈春雷〉，《莫渝詩文集 I》，頁170。

[18] 莫渝，〈春痕〉，《莫渝詩文集 I》，頁171。

安的關係。

您走了以後
長安的黃昏迅快地跟著飄泊的衣裾
追至地平線
秋風乍然止息
夕陽回過頭去觀望
用晚霞綴飾的背影[18]

秋風與黃昏，或其他長安之景，皆為李白常用的寫作題材，亦可見其浪漫的風格。而整首詩以「您」的第二人稱寫成，一方面表示對李白的尊敬，另一方面也可藉此詩達成作者與李白對話的可能。

至於〈懷杜甫〉，則是透過蕭瑟的景象，表現杜甫的寫作風格。

打從春天
您稀薄的頭髮又開始掉落
滿地皆是懷鄉思國憶友
而冒出血絲的老花眼
仍望著烽火遍野的望眼鏡
帶來奇蹟

[19] 莫渝，〈懷李白〉，《莫渝詩文集 I 》，頁177。

日暮後
獨個兒在晉陝道畔
佇立

秋風蕭瑟
兩旁的蘆花躍起
鯨吞整個天空，連同
明日，連同
詩[19]

除了社會寫實之外，懷鄉懷人亦是杜甫詩的另一特色，然而其詩作往往充滿愁思，透過景物的描摹，傳遞心情的感受。

在以上的4首詩中，除了〈懷杜伯雷〉外，其餘3首皆使用「您」的敬稱，表示作者對詩人的崇敬。此系列詩作的書寫，可看出各詩人的特色與事蹟，同時也透寫出作者對於詩人的感懷與尊崇，其思想亦受到這些詩人的影響。

（七）〇墳

「〇墳」系列大致可包括〈荒墳〉、〈冷墳〉和〈上墳〉，前2首詩都是1977年清明節的作品，〈上墳〉則是1978年的作品。不過就創作時間與內容形式觀察，〈上墳〉和前兩者的關係顯然較遠，因此以下的討論將會以〈荒墳〉和〈冷墳〉為主。

〈荒墳〉寫的是清明時節，作者到公墓探望祖先時，瞥

[20] 莫渝，〈懷杜甫〉，《莫渝詩文集Ｉ》，頁180。

覺時空變異的困頓景況。而〈冷墳〉則寫出後人懷想故人的淒涼心情。

蓬山萬里
苦雨淒淒
想墳前荒徑
蔓草纏身
你如何獨語望佳節？

明日雨歇
容我攜去鮮花馨香素果
並看看
含羞草是否常祟你的眠意
小菊花是否告訴你
秋來的消息[20]

基本上來看，「〇墳」是屬於因時懷人的作品，內容主體也與節令和「墳」的意象相當貼近，語言雖然有些口語化，但是真摯情感的表露，卻是相當直接的。

（八）老〇〇的□□

「老〇〇的□□」系列是1978年的作品，共有〈老戰士的獨白〉和〈老校工的黃昏〉2首。〈老戰士的獨白〉和〈老

[21] 莫渝，〈冷墳〉，《莫渝詩文集Ｉ》，頁211。

校工的黃昏〉同為三段式結構，其中〈老戰士的獨白〉寫的是老兵凋零的窘境。

夢還歸是夢
只能在夜間溫暖一床寒衾
看看壁上
用大頭針釘牢蝴蝶
地圖上的故鄉也死死鑲在心坎

夢可以抵達的地方
魂也可以回歸吧！[21]

無法返家的老兵，確實是對故鄉充滿無限的辛酸，然而〈老校工的黃昏〉又何嘗不是如此呢？

校園內空無一人
鎖好鐵門
轉過身子
將落的夕陽
正好把餘暉曬到腳前[22]

此處以「黃昏」暗喻老者的無奈與淒涼，確實也呈現出一些無奈的社會現象。而在整個社會趨向高齡化的過程中，如

[22] 莫渝，〈老戰士的獨白〉，《莫渝詩文集Ⅰ》，頁229。
[23] 莫渝，〈老校工的黃昏〉，《莫渝詩文集Ⅰ》，頁230。

何為長者的有限時光設想，也的確是需要深思的課題。

（九）○○的聲音

此系列完成於1980年，包含〈雪地的聲音〉、〈鄉愁的聲音〉與〈荷的聲音〉3首。這系列的作品，是以聲音表現具體之物或抽象之感。如〈雪地的聲音〉由雪地之景的深入人心，表達出雪地上的寒冷與寂寞。而〈鄉愁的聲音〉則是一般人所不易察覺，但是對流浪異鄉或處於某些特殊時空的人來說，卻會有更深刻的體會。

> 有一種聲音
> 氣短的英雄
> 未歸的浪人
> 耳朵敏銳的血性漢子
> 只要聽到
> 莫不愴然復悽惻
>
> 那聲音
> 從極遠極微處
> 化作鄉愁
> 深入你的心事
> 隨時困住你
> 癱瘓你[23]

[24] 莫渝，〈鄉愁的聲音〉，《莫渝詩文集Ⅰ》，頁313。

這首詩是以擬人的手法寫成，將抽象的鄉愁轉化為聲音。而鄉愁的聲音無法擺脫，時常縈繞心頭，困擾人們的抉擇。不論是英雄、浪人或血性漢子，都會為之動容。

至於〈荷的聲音〉則同時描摩荷的姿態與夏的景象。

群樹歌唱之際
蟬噪也頻頻催趕暑熱
我們來到涼蔭下
無意中聽到荷的私語

池裡
所有的孤挺者
在相交復相喁的田田碧葉間
靜靜自賞自娛
褪去炎陽火焰的色彩
彷彿說不盡的韻事已經結束
連繾綣也成過往[24]

不論荷的聲音為何，人們總是為之吸引，荷的私語為池塘帶來朝氣，也為夏日注入力量。

整體而論，「○○的聲音」多將抽象轉化為具體，在描摩事物姿態或情感時，也藉由具體與抽象的互相轉化，深刻地以文字表達景象或情感的種種內涵。

[25] 莫渝，〈荷的聲音〉，《莫渝詩文集Ⅰ》，頁315。

（十）〇〇的哲學

「〇〇的哲學」是屬於1982年的作品，此系列包括〈候鳥的哲學〉與〈雪的哲學〉2首詩。所謂哲學主要是體現事物的習性或狀態，將之擬人或傳達其給人的感受。在〈候鳥的哲學〉中，即以候鳥的遷徙慣性為出發。

流浪，不是心願
一再遷移居地
更非職業的招印

儘管如此
我們仍會回來
在春暖花開的時節
我們仍記得歸程
回來探望去歲的景物
不渝的我們，永遠對
去歲的情，依依[25]

以上雖然是描述候鳥的遷移習性，但也同時影射漂泊者縱使四處流浪，最終仍心繫故鄉，對於過去的一切實存有諸多牽掛。

至於〈雪的哲學〉則透過雪景，娓娓道出人們的思念之情。

[26] 莫渝，〈候鳥的哲學〉，《莫渝詩文集II》，頁5。

雪，無私地落在大地上
人們悄悄闔閉語言
在暖爐邊
用心靈加釀春天的醇酒
寄給遠方的友人

遙遠的異地
是否也如此飄落
無私的雪
讓人們從靜寂中
把遙遠的思念
攤在大地上
接受陽光
暖化成湧動生命的清溪[26]

以上雖然點出飄雪的景象，傳達的卻是人們心裡所瀰漫的溫暖。透過雪景，讓人思及遠方的友人，因為雪與思念，反而為這大地帶來溫暖和愛。

總的來說，「○○的哲學」系列亦是藉景物抒情，透過具體景物的描寫，體現所欲傳遞的情感。而這樣的表現手法，也與「○○的聲音」頗為相似。

[27] 莫渝，〈雪的哲學〉，《莫渝詩文集II》，頁6。

（十一）〇〇孤兒

此系列的作品創作於1984年，包括〈戰爭孤兒〉與〈饑荒孤兒〉。以上2首詩皆為三段結構，其內容是為戰爭與饑餓的孤兒哀悼。〈戰爭孤兒〉陳述的是戰爭所帶來的摧殘與災難。

爆炸聲響過許久
坐在殘墟中間
望向虛無的天空
除了想嚎啕大哭外
一片茫茫然

任人踐踏的蟑螂
莫可奈何
即使手執槍枝
還是無所肯定
活下去的滋味

被戰爭遺棄的孤兒
在戰火長大的孤兒
年歲是夢魘的堆累
永遠抹滅不掉：
震耳的砲聲　密佈的濃煙
驚悸的人群　橫陳的血屍

從地獄湧現的呼號與悲啼[27]

這首詩是藉由戰爭的意象，表現人們所遭受的災難，許多無奈也都沒法擺脫。而在戰爭中成長的孤兒，在面臨可怕的折磨之後，心中也留下永遠的夢魘，整首詩瀰漫著悲戚之感。

而〈飢荒孤兒〉亦是描寫孤兒飢餓的景狀，但卻由孤兒的眼神表情與遭遇來敘說。

無言的白癡
展露哀容
伸出無告的枯手
縱有千百酸澀
回應誰給？

除了呆立出生地
又能走到哪兒哭給誰聽？
足堪安慰的僅僅
今天尚能站在地球上[28]

地球上許多遭受飢荒的人們，就像孤兒一樣，被世界所遺棄。而他們的命運已無法由自己決定，即使有許多無奈，也必須勇於面對。

---

[28] 莫渝，〈戰爭孤兒〉，《莫渝詩文集II》，頁32。
[29] 莫渝，〈飢荒孤兒〉，《莫渝詩文集II》，頁33。

以上的2首詩皆從「孤兒」出發，不論是因戰爭或飢荒產生的孤兒，都值得你我付出關心與憐憫，而作者也盼望能喚醒大眾的善心，解決這些可悲的問題。

（十二）〇傷

「〇傷」系列完成於1991年，是莫渝「類型詩作」迄今最後完成的作品，包含〈彈傷〉與〈箭傷〉。以上2首詩都隱含政治影射，藉由飛彈與鳥的比喻，暗寫海峽兩岸之間的緊張關係。其中〈彈傷〉描寫的是1991年中共試射飛彈的舉動。

他們與我們無親
他們不是我們的鄰居
他們離我們很遠

彼此看不見　不相識
用飛彈握手
拿飛彈拉近距離
靠飛彈吸引注意力

一邊哀鴻遍野
另一邊無動於衷
一邊憤怒捶胸
另一邊振振有詞[29]

[30] 莫渝，〈彈傷〉，《莫渝詩文集II》，頁57。

這首詩採用諷刺的口吻，直接點出當時兩岸的僵持局勢，飛彈反倒成為兩岸溝通的媒介，如此諷刺的背景內容，即是當時一觸即發的台海關係。

至於〈箭傷〉，同樣是以比喻及諷刺的手法寫成。

鳥的自由
遭人嫉妒
帶著箭傷　忍痛
繼續飛
飛

被箭貫胸的野鴨
拉長哀號
廣大的天空拒絕聽[30]

臺灣就像鳥一樣擁有自由卻遭人嫉妒，箭就像飛彈一樣傷人且帶來威脅。然就算受到侵略，即使受傷，仍然要勇敢飛翔，這就是鳥的天性，也是臺灣堅持民主自由的理想與信念。

總而言之，「〇傷」系列主要是在影射兩岸的關係，以「彈傷」與「箭傷」來隱喻臺灣所受到的威脅，然而縱使面對困境，臺灣仍然要勇於爭取自我生存的空間。

---

[31] 莫渝，〈箭傷〉，《莫渝詩文集II》，頁58。

四、結論

莫渝的詩作以寫實為大宗，尤執著於對現實社會的批判與感動。他曾提到：「寫實——面對社會型態、事件，用微弱的筆，提出消極、無力的抗議和批判；寫意——把詩當作管道，用娛樂的筆，宣洩一己情懷。」[31]由此可知，透過寫實詩所欲傳達的，即是為現實社會發聲，真實呈現社會的種種面向。而綜觀其各類型詩作即可發現：託情於物、緬懷尊崇、關懷社會與批判政治這四項內容，為其最主要的表現方式與主題意涵。

首先，在莫渝各類型詩作中，「○○的聲音」與「○○的哲學」皆為藉物抒情的作品。前者透過「聲音」的摹寫，傳達人類的情感；而後者則是由具體的習性或樣態，以擬人的手法表現其內心情懷。在「○○的聲音」系列，詩人使用了雪地、鄉愁與荷等三者不同類型的內容，雪地是自然景象，鄉愁則是抽象情感，荷則為植物，三者不同的型態卻都以「聲音」為介質，作為傳遞情感的媒介。此外，各詩作的主題則包含了孤寂的心、濃厚的鄉愁與季節的遞嬗，其所體現的情感亦大相逕庭。

至於「○○的哲學」也採用與「○○的聲音」相似的託情於物手法。兩系列就寫作手法與主題意涵而言，實可歸為同一類。但這類作品的取材較為具體，是我們眼睛所能觀察的具體現象，如候鳥的遷移與雪的飄落，詩人觀察到候鳥的慣

[32] 莫渝，〈莫渝詩觀〉，《土地的戀歌》，頁4。

性，也賦予詩作不忘本的意涵，表達其終將回歸過去，永遠記得家鄉的深意。而關於雪的飄落，也一反其冰冷的特質，流露出思念親友的溫暖。

總的來說，託情於物也是莫渝寫作抒情詩的一大特色。自古以來，寄情於物的作品甚多，然而詩人卻能透過其敏銳的觀察力，運用文字描摹物體的特性，同時也賦予其深厚豐沛的情感。

其次，有關「懷〇」系列的創作，則與詩人自身的學術背景息息相關。莫渝雖然就讀法文系，也曾往法國留學，但在受到法國文學的薰陶之餘，仍熱愛中國傳統的古典文學，故其許多作品常出現法國或中國詩人。基本而言，作者取材的詩人，在東西方文學史上都佔有重要的地位，而各詩作除了歌頌詩人偉大的事蹟或寫作風格之外，也可以看出作者對於這些詩人的推崇。且由於作者除了詩人的身分之外，還兼為翻譯者，同時也不斷著力於外國詩作的翻譯與介紹，是以在選材翻譯上鎖定某些特定詩人，也顯示莫渝對於這些詩人的喜愛與尊重。

在「懷〇」系列中，主要以「您」的敬稱貫串全詩，顯示作者對於詩人的尊敬，而第二人稱的寫作手法，也可以達成作者與詩人的對話，以遙想緬懷的方式，追溯詩人的偉大事蹟。是以這類創作的產生，一方面表達作者對於詩人的崇敬，另一方面也可顯現作者受到這些詩人的深遠影響。

此外，在莫渝的諸多作品中，普遍呈現其對於現實社會的關懷。如「〇的困擾」與「沒有〇的□」等系列，都遵循這樣的書寫原則。「〇的困擾」藉由生活中的事物，道出文明所帶來的負面效果。至於「沒有〇的□」則是以諷刺的口吻描述社會現象，提醒人們應具備的反思與注意。

而除了上述的原則之外，環境與生態保育，亦是近年來受到重視的議題。在莫渝的作品中，也常常藉以反映當前的環境生態，盼望喚醒大眾的關注。詩人具有敏銳的觀察力，而由生活中的小細節，透寫人們的心聲，亦是關懷社會的具體表現。

在社會關懷的主題下，詩人也運用各種手法，將平凡無奇的事物，表現出栩栩如生的各種樣貌。詩作本身所傳遞的，正是詩人對於生活現實社會的感應，而透過反映及批判，即使無奈或無力，卻也能藉由詩作的內容，呈現出最真切的社會面貌。

近年來，許多作家直接或間接投入政治運動，因此政治議題也成了不少作家的著墨重點。在莫渝的詩作中，亦包含此類作品，如「〇傷」系列即是對政治時事的批判。除此之外，完成於2004年總統大選後的〈選戰後的愛與死之歌〉，也是針對當時政治與社會亂象的具體反應。

在「〇傷」系列中，〈彈傷〉與〈箭傷〉均隱喻了海峽兩岸的緊張對峙。兩岸不同的政權統治與政體，各有其堅持。而詩人以鳥隱喻臺灣人民的自由遭受嫉妒，於是在打壓箝制的艱難狀況下，仍必須爭取應有的權益與生活。在這系列的作品中，詩人雖以消極的口吻寫成，卻也直接的批判了政治現況，而由「傷」象徵臺灣所遭受的迫害，也同樣會令所有關心這塊土地的人民有所感觸。

然而，不論是針對社會亂象的書寫，或是對於政治的批判與省思，皆可看出詩人對於這塊土地的熱愛與關注。這也就是莫渝所說的：「以『愛與關心』自我內省且環視周遭，拓展成一幅幅美的畫面，或激勵人生，或批判現實，務使自己融入這個有情世界，達成和諧境地。」[32]是以許俊雅教授也曾如此歸納莫渝詩作的意境、表現與內容、風格。

> 莫渝的詩，無論就意境或表現而言，其發意遣辭，都源於一份真切的詩感，大多數作品主題不外是生命的觀照、愛情的抒發、親情遙遠的思慕、生態環境與社會現實的關注等等。清冷淒美的風格是他的詩歌的基調；批判與感動，則是他詩歌創作的兩個方向與原則。[33]

而在全面檢讀莫渝的詩作之後，個人也相對認同前述的看法。最後，願以莫渝的這段自述，當作文章的總結。「感動於他人的熱誠與虔誠，逐漸領悟日夜不斷地讀寫，無非是：

> 在愉悅與療傷的過程中
> 詩文學的閱讀、寫作
> 都在構築可視或不可視的遠景／美景」[34]

[32] 莫渝，〈詩的沈思〉，《走在文學邊緣》上冊，頁69。

[33] 許俊雅，〈文學夜空中的一盞星光〉，《笠詩刊》238期，2003年12月，頁33。

[3] 莫渝，〈自序：熱誠與虔誠〉，《新詩隨筆》（臺北：臺北縣文化局，2001年），無頁碼。

台語詩中的反諷世界
——以向陽《土地的歌》為例

一、前言

孔子曰：「詩可以興、可以觀、可以群、可以怨。」詩歌除了可以抒情、詠物、紀行、述事、奉和、贈答之外，當然也具有讚美和諷刺的積極功能。鄭玄《詩譜序》中說：「論功頌德，所以將順其美；刺過譏失，所以匡救其惡。」歐陽修《詩本義・本末論》也說：「詩之作也，觸事感物，文之以言。善者美之，惡者刺之，以發其揄揚怨憤於口，道其哀樂喜怒於心，此詩人之意也。」可見由孔子以降的傳統文學觀，都充分肯定詩歌在美刺上的功能。

詩歌雖然兼有頌揚與諷刺的作用，但是對一個講究「溫柔敦厚」的民族來說，直言其惡、直指其非的方式，畢竟較不容易為大家所接受。因此透過間接委婉的方式、包裝修飾的手法，以達到積極的諷喻目標，絕對是不可或缺的。所謂：「上以風化下，下以風刺上，主文而譎諫，言之者無罪，聞之者足以戒」的精神，始終是傳統詩歌文學藝術上極重要的表現方式。

臺灣近四百年來的歷史，一直是在不同的暴力鐵蹄蹂躪下度過，於是諷刺抗議類的文學作品，數量自然是相當豐富。身為一個長期被壓抑的民族，以其母語為核心的文學作品，在反抗的本質上勢必更為強烈，因此不論是直接的批判，抑或是間接的諷刺，都有更為激昂的創作表現意圖。而考察台語詩中的反諷世界，正是為了檢證此種現象。除此之外，本文更試圖經由歷史痕跡的梳理與反思，進一步蠡測出台語詩未來可能的發展方向。

二、台語詩的源起與成長

一般人或許認為，台語文學的興起是近一、二十年的事，其實不然。早在20年代所萌發的臺灣新文學運動，不僅對舊文學做全盤的反動，同時對於本土語文的革新，也有相當多樣的見解。當時謝春木的日語作品，張我軍的漢語作品，以及賴和的台語作品，都是各樹一幟的；而日語、漢語、台語等三種不同的寫作方式，也正好明顯地暴露出當時臺灣作家在寫作語文上的問題。

以上這些不同的寫作語言，除了在「語言論」、「工具論」等方面有所差別外，其最主要的認知差異還是在於「文學史觀」的問題。由於受到中國新文學運動的影響，同時也基於對日本殖民者的反動，當時臺灣文學的寫作傾向是：

> 摻雜臺灣的日常用語、日式漢語，這樣的表現方式，才是二〇年代臺灣文學的創作主流。初期雖然亦有林子

瑾、蔡培火等主張羅馬字（白話字）的寫作，但一則羅馬字向來的使用範圍局限於教會人士，在以漢文化為主體的臺灣社會，相對的僅是少數人使用；二來則是臺灣的文學運動，帶有文化向上的使命，殖民地臺灣的文化人，以文學做為文化的表現核心，既要表現臺灣漢文化的表現特質更不會排斥漢字，……選用中國白話文為基調，……避免了母語無法充分文字化之現實困境，但從他們隨時摻雜臺灣的日常用語、諺語、俗語、俚語，恰恰反映了「臺灣味」，也接近了寫實文學的形式表現，內容更是以土地與人民為表現的核心，這一套臺灣式中國白話文之辦法，主導了二〇年代的文學創作。[1]

由於臺灣話文的推行，台語詩也自然而然地產生，當時在《臺灣新民報》、《臺灣文藝》都有此類型的作品刊載。但不論是就臺灣當時新文學發展的現實場域、民族意識、作者心態、乃至寫作工具等主客觀因素，純粹以臺灣語言表現的文學作品，其發展仍存有諸多限制。臺灣的第一次「鄉土文學」論戰雖然在1933年以後逐漸淡漠，不過隨著臺灣文化與社會運動的進化，以臺灣語文為基礎的文學，也在此階段奠下基石。

不過自1937年起，中日戰爭全面爆發，臺灣統治當局全面禁止漢文刊物的出版與印行，於是台語詩這個才初萌芽的幼苗，很不幸地便進入了第一次的冬眠期。

---

[4] 林瑞明，〈張我軍的文學理論與小說創作〉，收錄於彭小妍編，《漂泊與鄉土——張我軍逝世四十週年紀念論文集》（臺北：行政院文化建設委員會，1996），頁128。

1945年，二次世界大戰結束，日本戰敗投降，這對台語詩的發展，本該是個充滿希望的轉機。但是在隨之而來的「二二八事件」之後，臺灣同胞對大陸政權的短暫蜜月期已宣告破滅，省籍的歧視與對立普遍存在於社會各階層。1949以後，大批渡海來台的國民黨政軍人員，更掌控了所有的傳播媒體。他們利用推動「國語」之便，大肆壓抑各種母語的學習與傳播，於是本來可望有所成長的台語詩，在享受短暫的陽光之後，再次被嚴寒的冰雪所覆蓋。「台語詩的寫作轉化成台語流行歌曲，變成抒發臺灣中下階層的心聲，無法進入純文學的殿堂。」[2]，這的確是令人相當遺憾的狀況。

這樣的情況延續了將近三十年，直到70年代初期，雖然時代的文風已逐漸走向鄉土化，但是支持台語文學的園地，也只有《笠》詩刊、《臺灣文藝》等定期刊物，以及小部分出版物的單打獨鬥。在1977年的第二次鄉土文學論戰爆發之前，只有林宗源、向陽等少數本土詩人堅持著台語詩的開拓。但是在文學論戰之後，台語詩的創作再次萌發生機，宋澤萊、羊子喬、吳晟等人，先後接續點燃台語詩的火種，此時台語詩的地位也再次被重新評估。

在激烈的論戰之後，大部分的創作者已都能逐漸認清文學需從土地與生活上出發的事實，這一點，更直接成了凝聚台語詩發展的新動力。加上新一代的台語研究者如：鄭良偉、洪惟仁、陳冠學、林繼雄等的加入陣營，台語詩不論是在理論的建設或創作表現上，在進入80年代之後，都有了更進一步的發展。

---

[5] 羊子喬，〈談台語詩〉，《神秘的觸鬚》（臺南：臺南縣立文化中心，1995），頁76。

解嚴以後，多元的差異已能被社會普遍認同，台語詩的發展因此益形壯盛。1991年，由林宗源、向陽、黃勁連、陳明仁、莊伯林、林央敏、李勤岸、胡民祥等二十人所組成的「蕃薯詩社」，更致力於台語詩的創作與推廣。近年來，源自於地方的鄉土課程與母語教學，在經過有志之士的共同推動之後，也已經成為國中、小正式課程的一部分，在各種教材與教法蓬勃發展之餘，我們似乎也可以預見台語詩的未來，是充滿著光明的希望。

三、反諷的意義與價值

台語詩的發展儘管方興未艾，但衡諸其藝術表現，究竟能達到何等高度？在此我們所提出的檢測標準，是對其修辭技巧的細部考察；而在批判現實的基本創作意圖下，運用「反諷」手法的與否與優劣，尤足以成為台語發展成就的一項具體指標。

反諷（irony）也稱為「反語」，是修辭學上的一種高度表現。它是把表象和現實相對比，然後採取一種「以是為非、以非為是」的修辭方式，亦即把正反相互顛倒表現，然後在其中寓含諷刺的意思。顏元叔先生曾說：「一個人的智力經驗多寡可由他辨認反諷的能力決定。反諷出現時總有一種冷酷的幽默，作者需有『不動感情的超然』（unemotional detachment），即便感情激動時也只作冷漠的表達。其特有的方式就是在責罵的文字中假作讚賞之意，而在讚賞之中真含責罵。」[3]由此看來，「反諷」

[6] 顏元叔，《西洋文學辭典》（臺北：正中，1991），頁400。

對作者的創作技巧與讀者的解讀功力，都是相當程度的考驗，如果沒有足夠的文學素養，便不容易明瞭「反諷」的真義。我們依據「反諷」的使用來斷定台語詩的成就，也正是基於這樣的道理。

反諷在諷刺體（satire）的文學作品中，不僅用於陳述，也能運用在事件、情況、結構等方面。由於台語詩自發展之初便多受挫折與打壓，因此對於整個社會不合理的人、事、物等層面，勢必會有所反彈與批評，這種以嘲弄方式來表現的詩體，也自然為數頗多。

再就其起源來說，以西洋文學發展的先後言，諷刺性的詩作源自於兩千年前的古希臘、羅馬；而就我國的文學演進來說，在第一部詩歌總集《詩經》中，也有不少諷刺性的作品。如：

「維是褊心，是以為刺。」（〈魏風．葛屨〉）

「家父作誦，以究王訩。」（〈小雅．節南山〉）

這種諷刺性的傳統，一直在詩學流傳的歷史上不斷被承繼著。到了唐代中葉，由元、白所倡導的「新樂府運動」，本著「文章合為時而著，歌詩合為事而作」（白居易〈與元九書〉）以及「惟歌生民病，願得天子知」（白居易〈寄唐生〉）的精神，落實在創作的表現上，更是開啟了諷諭詩的嶄新氣象。像范成大的〈後催租行〉，就是採用反諷的手法來寫作：

去年衣盡到家口，女大臨歧兩分首。

今年次女又行媒，亦復驅將換升斗。

室中更有第三女，明年不怕催租苦。

詩中所描述的是貧民為納租而被迫鬻女的窘境，二女皆已賣身將換升斗，情景令人鼻酸，然敘述者卻以家中尚有三女在，不必懼怕明年催租之苦作結。如此沈重的慘劇，卻以反諷的筆法寫出，令人尤為心痛。五四以後，白話詩興起，新詩所講究的藝術手法與敘述內涵，也一如傳統，因此反諷的精神與技巧仍有許多積極的表現。我們可以瘂弦的〈赫魯雪夫〉為例：

赫魯雪夫是從煙囪裡

爬出來的人物

在俄國，他的名字會使森林發抖

他常常騎在一柄掃帚上

嚇唬孩子和婦女

他常常穿過高爾基公園

在噴泉旁洗他的血手

但上了年紀的爺兒們

都知道赫魯雪夫實在是個好人

雖然他擰熄所有教堂裡的燈

雖然他以嬰兒的脂肪擦靴子

雖然他用窮人的肋骨剔牙齒

但他的的確確是個好人

是的，赫魯雪夫，一個好人
他的襯衣被農奴們洗得
比古代彼得堡的雪還白
他大口喝著伏特加
他任意說著俏皮話
在夜晚他把克里姆林宮的鐵門緊閉
大概是不忍聽外面的哭泣
他如此有慈心
他是一個好人

一個好人，是的，赫魯雪夫
他是患著嚴重的耳病
因此不得不借重祕密警察
他愛以鐵絲網管理人民
他愛以鮮血洗刷國家
除了順從以外
他從不過問小百姓的事情
他實實在在是一個好人

赫魯雪夫，好人，是的，好人
他扼緊捷克的咽喉
為的是幫助他們的國家呼吸
他以刺刀和波蘭握手
又用坦克
耕耘匈牙利的土地

他的的確確是個好人

沒有人把他趕出莫斯科
沒有人把他趕出陰冷的紅場
所以喬治亞人永遠啃黑麵包
所以高加索人永遠戴枷鎖
所以烏克蘭人永遠流血……
就是因為他們有了像赫魯雪夫那樣
那樣好的好人[4]

這首詩的首段，先是從正面描寫赫魯雪夫的可怕與恐怖，但是從第二段開始，卻不斷地反覆使用「他是一個好人」的相似語句，來反諷赫魯雪夫的種種暴行。諸如：「雖然他擰熄所有教堂裡的燈／雖然他以嬰兒的脂肪擦靴子／雖然他用窮人的肋骨剔牙齒」以及「他是患著嚴重的耳病／因此不得不借重祕密警察／他愛以鐵絲網管理人民／他愛以鮮血洗刷國家／除了順從以外／他從不過問小百姓的事情」。而敘述對待其附庸國的「善意」行為，則是更為強烈的反諷。如：「他扼緊捷克的咽喉／為的是幫助他們的國家呼吸／他以刺刀和波蘭握手／又用坦克／耕耘匈牙利的土地」如今蘇聯雖然已經解體，但是透過這首詩作的內涵，以及其反諷的表現技巧，我們就可以深刻地體會出，當年蘇聯民眾在極權專制下所受的折磨與苦難。

[7] 瘂弦，《瘂弦詩集》（臺北：洪範，1985），頁161-164。

總的來看，反諷雖然只是諷刺詩體中的一種修辭技巧，但是它所表現出來的張力（tension），與對現實的反映與質疑，卻十足呈現了更為深切的省思與批判。

四、台語詩中的反諷現象

羊子喬先生曾說：「用臺灣話文為思考方式，並以臺灣話文為工具，來抒寫臺灣人的思想感情的詩作，稱之為台語詩。」[5]本文對台語詩的界定，大抵是依循這樣的見解。

台語詩的發展時間雖然不算短，但其間的過程卻可說是一波三折，在七十餘年的歷史中，除去初期短暫的春天之外，1937年起便被全面禁絕，成為日文的天下，而1946年後，又全面禁止日文、壓抑方言，大力推行「國語」，直至70年代末期「鄉土文學論戰」之後，台語詩的生機才又逐漸復甦。在長期被壓迫的情況之下，反抗色彩的呈現是必然的。但是在文學表現上，反抗的方式並不一定就是吶喊、哭訴，利用「反諷」的手法來凸顯問題，反倒會令人有更深刻的印象。以向陽的方言詩集《土地的歌》為例，當中就採用很多這種修辭技巧。

向陽，本名林淇瀁，臺灣南投人，1955年生。他不僅是臺灣當代極重要的現代詩人，同時在70年代的台語詩創作上，更有劃時代的貢獻。關於其創作方言詩的過程與動機，他曾經如此地加以剖析：

8　羊子喬，〈談台語詩〉，《自立晚報・本土副刊》，1986年6月25-26日。

> 六十五年中旬，當時大三學生的我在陽明山山仔后寫下第一批嘗試的方言詩「家譜・血親篇」四首。其時我初入詩壇，因為父親病重，「想藉詩來代父親說話，來探尋父親的生命」，於是開始使用母語寫詩……方言詩的創作，在我是一種生命的抉擇與考驗。這當中，包含有我對詩壇曾有過的一段「晦澀黃昏」之側面澄清，對生長的鄉土之正面呈現，以及試圖裁枝剪葉，將方言適度地移植到國語文學中的理想。而最重要的是，對「人間愛」，我許久以來即抱有頗為深摯的感情。[6]

向陽對台語詩的起步雖然不是最早，但是由於他在修辭與格律上曾經多所努力，所以在歷經《銀杏的仰望》、《種籽》、《十行集》等的經營之後，不論是在內容或藝術成就的累積上，都有令人驚訝的成長，在《土地的歌》這部方言詩集中，向陽的成就尤其具有時代性的指標。就藝術性比較薄弱的台語詩來說，向陽的修辭技巧的確令人驚豔；而其中關於反諷的表現手法，更是構成這本詩集的主要特色。其中如「鄉里記事・顯貴篇」系列，就是針對當時社會的現實狀況，所點染的浮世繪，〈村長伯仔欲造橋〉就是這種以反諷技巧所表現的作品：

[9] 向陽，《土地的歌》（臺北：自立晚報，1985），頁190。

村長伯仔欲造橋
為著庄裡的交通收成的運送
猶有囝仔的教育
溪沙同款算未完的理由
村長伯仔每一家每一戶撞門
講是造橋重要愛造橋

村長伯仔實在了不起
舊年裝的路燈今年會發光的存一半
今年修的水管舊年也已經修過兩三遍
只有溪埔雖然無溪水也愛有一條橋
有橋以後都市人會來庄裡就發達
造橋重要收成運送也順利

造橋確實重要否則庄裡就無腳
計程車會得過不過小包車想欲過不敢過
咱的庄裡觀光資本有十成便利無半成
造橋重要請村民支持這亦不是為我自己
雖然我有一臺金龜車，橋若無造
同款和各位父老步輪過溪埔

村長伯仔講話算話
每一日自溪埔彼邊來庄裡走縱
為著全庄的交通村民的利便
他將彼臺金龜車鎖在車庫內
村長伯仔講是橋若無造他就不開鎖

哎！造橋確實重要愛造橋[7]

這首詩從頭至尾一直透過敘事者的陳述來強調造橋的重要，但這些「似是而非」的理由卻是令人發噱的。表面上村長伯仔「實在了不起」，但實際上是：「舊年裝的路燈今年會發光的存一半／今年修的水管舊年也已經修過兩三遍」，如此低劣的工程品質，在經由陳述者的反諷之後，可以讓讀者有更深一層的體會。因此「只有溪埔雖然無溪水也愛有一條橋」和「溪沙同款算未完的理由」，都只是種種的障眼法，村長伯仔為了自己的那臺金龜車，才是最重要的關鍵。這些地方土豪劣紳的卑鄙作為，實在令人不齒，而透過反諷的手法來對比呈顯，意義尤其深刻。張漢良先生就曾針對〈村長伯仔欲造橋〉提出批評說：「在這種情形之下，讀者的認知與敘述者的認知發生衝突，村長伯仔的原形畢露，而『實在了不起』便成為反諷（irony），張力於焉產生。」[8]這也就是反諷所表現出來的最重要精神。

除了上述的作品之外，在《土地的歌》裡，類似的反諷詩作還有不少，我們再以〈議員仙仔無在厝〉來舉例：

議員仙仔無在厝

一個月前為著村民的利益

他就出門去縣城努力

[10] 同註6，頁39-41。

[11] 張漢良、蕭蕭編，《現代詩導讀——導讀篇三》（臺北：故鄉，1979），頁277。

道路拓寬以後交通便利
工廠一間一間起大家大賺錢

議員仙仔一向真飽學
聽講彼日在議會發威
先是罵縣老爺無夠力飯桶
續落去笑局長是龜孫仔
議員仙仔是官虎頂頭的大官虎
當初這票投了實在無不對
不但賺煙賺錢賺味素
而且如今找議員仙仔同款真照顧
東一句王兄西一句李弟
握一個手任何問題攏無問題

可惜議員仙仔無在厝
新起的一間工廠放廢水
田裡的稻仔攏總死死掉
可惜議員仙仔一個月前就出門去
爭取道路拓寬工廠起好大家大賺錢[9]

本詩則是「上下交征利」的代表，通篇以「賺錢」為唯一目的。表面上選民「不但賺煙賺錢賺味素／而且如今找議員仙仔同款真照顧」，但實際的問題卻是「新起的一間工廠放廢

[12] 同註6，頁42-43。

水／田裡的稻仔攏總死死掉」。老百姓為了眼前的短利卻犧牲了長遠的幸福卻仍不自覺，反而還對議員仙仔「歌功頌德」云：「一個月前為著村民的利益／他就出門去縣城努力／道路拓寬以後交通便利／工廠一間一間起大家大賺錢」這種阿Q的心態，真是令人在百般無奈之餘，一掬同情之淚。此外，如〈校長先生來勸募〉，也是屬於這種類型：

校長先生來勸募
為著這居畢業生買紀念品的問題
校長先生真有禮數
一時奉茶一時敬煙
害我感到十分榮幸百分之驚
莫非是阮彼個囝仔無成材未達畢業

舊年校長先生也來過
講阮彼個囝仔「頑皮搗蛋」又未就教
三天兩頭弄破教室的玻璃
初一十五才去學校上課
身軀垃圾衫仔不換愛相打
這次校長先生敢是來退阮囝仔的學

握手笑微微，校長先生
無嫌阮庄腳人兩手黑靡靡
講阮的囝仔成績優秀又乖巧
前幾日鄉運動會獨得金牌

這一次畢業得到縣長獎
若不是陳先生你這雙手……

豈敢豈敢攏是校長先生你栽培
陳先生，未達焉耳講，你這個囝仔
可造之材，得好好栽培，這次募捐
當然啦，亦是多多拜託
我感到十分惶恐百分之快樂，簽在
募捐簿面頂：張阿水，十元[10]

在這首詩裡，校長先生為了「勸募」，厚著臉皮四處奔走，甚至對於募捐的對象，從頭至尾根本就是「張冠李戴」。家長擔心的是「莫非是阮彼個囝仔無成材未達畢業」、「這次校長先生敢是來退阮囝仔的學」；但是校長卻把這個頑劣子弟的父親，誤認為品學兼優者的家長。如此強烈對比所造成的反諷效果，不論對當時教育制度或是行政人員的嘴臉，都充滿了戲劇性的嘲諷。在上述系列之外，其他類似的反諷詩作也還有不少，我們再看看：「鄉里記事・賢人篇」中的〈馬無夜草不肥注〉：

不管安怎陳阿舍是好人
雖然不是官虎也不是代表
伊惜花連枝愛，千里馬同款

[13] 同註6，頁44-46。

為著庄裡的代誌四界走縱
教咱爬樹得愛帶樓梯
當咱上樹替咱搬梯走

早時的阿舍，甕裡的鼈
住山腳的破草寮，受盡啼笑
雙手兩塊薑，前窗破後壁補
膽赤到目油流了無地賒
男兒立志出頭天，陳阿舍
立志過橋放枴賺大錢

確確實實阿舍是一位大好人
開診所賣草藥，舉刀探病牛
大病歹醫小病慢來，收費很便宜
聖手仁心，文火慢攻才是漢草本性
陳阿舍「花陀」再世替病人儉錢
街頭巷尾驗病免費，抓藥另議

賺食而已，阿舍做什成什
副業是司公而且會曉看風水
天靈靈地靈靈無錢不靈有錢靈
人生死而不已，風水蔭子孫
解決生解決死，陳阿舍好人一個
順便會得解決自己的腹肚皮

阿舍在庄真飽學
賒杉起厝現錢收入買土地
阿舍在庄是好人
賒豬賒羊倒賺嫁粧娶新娘
天頂星萬種地下人百款
唯一千里馬阿舍大家攏講蕲

如今庄內一塊地，都市計劃路開過
地是阿舍的，阿舍是大好人一個
一切全為本庄的交通和發展
不是官虎不是代表但是伊四界走縱
惜花連枝愛，陳阿舍是好人一個
風水問題，路絕對未始開過彼塊地[11]

本詩是描寫一個地痞——陳阿舍乘勢崛起後，要保護自己私有地不被徵收而四處「走縱」的經過。陳阿舍是個「教咱爬樹得愛帶樓梯／當咱上樹替咱搬梯走」的卑鄙小人，不論是當中醫、司公或是看風水，他樣樣都行，因為「賺食而已，阿舍做什成什」。但實際上他卻是一個「天靈靈地靈靈無錢不靈有錢靈」的密醫兼神棍，一個只求利己卻不怕損人的自私鬼。所以當他的土地將被都市計劃的路開過，他當然是「惜花連枝愛」、「風水問題，路絕對未始開過彼塊地」。

在《土地的歌》裡，類似這樣反諷精神的詩作還有很

[14] 同註6，頁75-78。

多，如：〈黑天暗地白色老鼠咬布袋〉、〈猛虎難敵猴群論〉、〈好鐵不打菜刀辯〉、〈烏罐仔裝豆油證〉、〈水太清則無魚疏〉……也都是這種類型的作品。

整體來看，向陽這一系列以方言（台語）為寫作工具所完成的社會寫實詩，每首詩都是以一位被諷刺的核心主角所架構成的人物素描，在反諷的表現下，這些鄉里人物的行為舉止乃至心靈活動，都無所遁形了。

王灝先生曾說：「用閩南語方言來寫詩，非始自向陽，但用一種更嚴肅的態度，更精確的方言語彙，有計劃而有系統性的處理方法來經營方言詩，而卓然有成者，則非向陽莫屬。」[12]他又說：「向陽的方言詩創作，儼然而有著導正的勇氣及自期，他想更自覺地使用鄉土方言，表達真正的人性，在以鄉土為表的同時，更能以文學為質，以人性為本，發而為真正的鄉土聲音。」[13]在今日台語詩方興未艾之際，我們也應該反省，如何在現實與藝術的天平上，維持動態而和諧的平衡，這確實是每個有心創作者所必須費心考量的問題。

五、由反諷看台語詩的成就與發展

白話文學的發展在臺灣一直是相當艱困的，除了傳統保守勢力的負隅頑抗之外，歷來統治政權的刻意打壓，更讓白話文學只能在谷底徘徊。余光中先生就曾說：

---

[15] 王灝，〈不只是鄉音——試論向陽的方言詩〉，收錄於向陽，《土地的歌》，頁157。

[16] 同註6，頁162。

「白話文學」只是起碼的文學，它只合為新文學、現代文學奠基，如果始終徘徊其上，俯仰其間，而沾沾自喜，以為天下之美盡在其中，則「白話文學」可以休矣。[14]

歷經長久發展的白話文學，猶且遭受到此種誤解，「等而下之」的方言文學，其下場更是可想而知。不過文學反映社會，一個什麼樣的社會，自然就會產生什麼樣的文學，這種必然而然的趨勢，雖然可以透過種種外在的干預而加以打壓、阻滯，但是這股「沛然莫之能禦」的力量，卻是無法抵擋的。從整個進步的文學發展觀來看，這一切的產生自是理所當然。因此，在歷經盲目的媚外崇洋之後，回過頭來重新檢視我們自己身邊的花草樹木，重新關懷自己的語言與鄉土，發展出屬於自己母語（方言）系統的文學，的確是一種相當可喜的現象。

去除政治上的意識，單就文學的層面而言，運用方言的台語詩，是否可能有明天呢？張漢良先生曾說：

運用方言是文學傳播上的兩難式。就正面價值而言，方言能生動地表現地域色彩，能增加人物（包括敘述者與角色）塑造的真實感。方言的逼真性（Verisimilitude）是「逼」現實世界的「真」，亦即俗謂的ture to life。就反面價值而言，方言為一部份人所共有，因此其傳達面

[1] 余光中，《掌上雨》（臺北：時報，1980），頁60。

有限，缺乏普遍性，對於不熟悉此語言的讀者，會造成欣賞時「隔」的現象。[15]

這樣的說法表面上似乎理直氣壯，但是對於一種佔百分之八十以上人口的母語來說，對於一種幾乎無人不知、無人不曉的方言來說，這樣的「隔」還會不會存在呢？不論是漢字化、拼音化抑或混合化，語文只是約定俗成的溝通工具，只要能妥善運用，一切發展都不會是大問題的。

因此，台語詩發展的關鍵並非在於「工具」的運用，而是在於「藝術」本身的表現。失去藝術性的文學，根本就不能成為文學，深刻的內容也必須配合精緻的技巧才能相得益彰，所以就「反諷」的技巧來檢定台語詩的成長指標，也可以了解台語詩的可能未來。

臺灣人有句俗話說：「倒刨卡贏正削。」對人、對事如此，在文學的表現上亦然。與其用正面而直接的指責與批判，倒不如採用旁敲側擊的「反諷」來得實際且有價值。特別是在詩歌文學的表現上，本來就偏重於間接隱諱的方式，「反諷」技巧的產生與應用，都是基源於對人、對事、對物等現實問題或理念所產生的深刻感動，再加以「倒反」處理。因此「反諷」的使用及其技巧呈現，正也代表著一種文學的成熟與發展。在今日台語文學日新月異、方興未艾的同時，我們透過對台語詩在「反諷」這項技巧呈顯上的考察，也可以管窺台語詩的實際成就；而對於台語詩整體的發展與未來，提供另一個值得期許的思考方向。

---

[2] 同註8，頁276。

六、結論

彭瑞金先生曾說：「臺灣文學的正義性，並不是美化的口號，而是歷史養成的性格。」[16]同樣的，台語詩也繼承這樣的性格，台語詩的發展歷史雖然橫逆不斷，但是在前仆後繼的實驗旅途上，許許多多優秀的詩人和作品，都紛紛在為這個時代做見證。這種堅持不僅只是現實的追求，同時也是理想的實現。當代「臺灣母語詩的開創者」——林宗源先生就曾經這麼表示：

> 脫離母語而能創造其民族的文化，無即款的事。[17]

> 今日臺灣文壇為何不能寫下不朽的巨著，除了某些因素外，就是作家忽視母語、輕視母語，連表現文字最基本的工具，都因失去自信而輕視，結果對自己事事沒有信心，一個沒有自信的人，怎能寫出不朽的巨著，結果也只有乖乖地做文化的屬民，文學的奴隸。因此今日的作家，必須重新整合創新台語，如此，才能寫出現時現地醞釀在心靈中的世界。[18]

---

[3] 彭瑞金，《臺灣文學探索》（臺北：前衛，1995），頁51。

[4] 林宗源，〈母語活在咱的心〉，《笠詩刊》第107期，1982年2月，頁44-45。

[5] 林宗源，〈方言與詩〉，《笠詩刊》第123期，1984年10月，頁18-21。

文學的內容固然重要，但是其藝術性也不可輕忽，因為沒有藝術性的文學作品，猶如失去雙翼的鳥，根本無法振翅高飛；而修辭技巧的提升，更是文學水準高低的評判標準。由於台語詩是一種被長期壓抑的文體，再加上政治面的因素，因此其「抗議」性特別明顯。基於這種特殊因素，在近年來蓬勃發展的台語詩，也不免有「矯枉過正」的情形產生，不少詩作只是平鋪直敘的吶喊或控訴，甚至與標語口號無異，如此「魚目混珠」的「偽詩」，又有什麼價值呢？「反諷」這種高度文學技巧的表現，不僅可以提高文學的藝術性，同時更能彰顯創作者反思的情懷。進入90年代以後，現代詩以這種技巧來表現的作品日趨興盛，但台語詩目前卻仍有待努力。在我們承認詩歌必須具備藝術的價值之後，不論是就內容或表現方式而言，台語詩還是有很大的空間，值得我們去付出心力的。

向陽新詩創作類型論

一、前言

「李杜詩篇萬口傳，至今已覺不新鮮，江山代有才人出，各領風騷數百年。」這是清代詩人趙翼〈論詩〉的個人觀感，但同樣可以拿來印證臺灣當前詩壇的景況。隨著前行代詩人的凋零，中生代本土詩人迅速崛起，他們逐漸接掌詩壇的令旗，並不斷發揮各式各樣的影響力。故不論是在創作或評論的舞台上，中生代詩人也扮演著愈來愈重要的角色，並成為後繼研究者的論述焦點。

來自南投的向陽以早慧的姿態在詩壇嶄露頭角，十三歲那年，詩人在理化課上偷偷地抄錄似懂非懂的〈離騷〉，而另一方面也寫下了第1首詩作〈等妳．在雨中〉，並被當時在「巨人」雜誌主編「詩廣場」的古丁所採用。[1]此外，若以其被屢屢推崇的「十行詩」與「台語詩」來看，也都在二十二歲時（1976）便已奠定基礎（其實「十行詩」尚可上推至1974年）。而在三十歲以前，向陽更早已獲得吳濁流文學獎、時報

[6] 參見向陽，〈江湖夜語「銀杏的仰望」詩集後記〉，《銀杏的仰望》（臺北：故鄉，1977），頁191-193。

文學獎，甚至是國家文藝獎的殊榮。且由於詩人的不斷精進與突破，是以在80年代以後的臺灣詩壇論述中，向陽顯然是一個無法被忽略的名字。

二、向陽生平經歷與分期

向陽，本名林淇瀁，1955年出生於南投縣鹿谷鄉廣興村。1968年開時寫作，1971年就讀竹山高中時，與同學成立「笛韻詩社」，任社長並主編《笛韻詩刊》，此為向陽寫作之發軔。

1973年考入私立中國文化學院東方語文學系日文組，1975年擔任「華崗詩社」社長。1976年開始「台語詩」及「十行詩」之創作試驗。此外，也與岩上、王灝、李瑞騰、李默默在草屯共組「詩脈」季刊，並與文友林文欽在華岡共組「大學文藝社」。

1977年第一本詩集《銀杏的仰望》出版，同年入伍服役。1979年與詩友陌上塵、張雪映、林野、李昌憲、陳煌、苦苓等合創「陽光小集」詩社，此為當時詩壇之一大盛事，並對80年代以後的臺灣新詩走向，產生相當程度的影響。

1980年以長詩〈霧社〉獲「時報文學獎」敘事詩類優等獎。第二本詩集《種籽》由東大圖書公司出版。並擔任《時報周刊》編輯，兼任「陽光小集」社長。

1981年與林麗貞（方梓）結婚。次年轉赴《自立晚報》擔任藝文組主任兼副刊主編。1984年獲「國家文藝獎」，同年「陽光小集」宣布解散，《十行集》由九歌出版社出版。

1985年《歲月》由大地出版社出版，另台語詩集《土地的歌》亦由自立晚報出版。同年8月，與方梓、楊青矗，應邀赴美國愛荷華大學參加「國際寫作計畫」。

1986年詩集《四季》經畫家李蕭錕設計、周于棟插繪，以手跡印刷，由漢藝色研出版社出版。次年，詩集《心事》亦由漢藝色研出版社出版。

1991年進入中國文化大學新聞研究所攻讀碩士，在1993年以〈文學傳播與社會變遷關聯性之研究：以七〇年代臺灣報紙副刊的媒介運作為例〉通過口試。自選詩集《在寬闊的土地上》，由北京人民文學出版社出版。

1994年考入政治大學新聞研究所博士班，1996年應聘擔任靜宜大學中文系專任講師。1998年架設個人網站「向陽工坊」。2002年以〈意識形態、媒介與權利：《自由中國》與五〇年代臺灣政治變遷之研究〉獲得博士學位，期間亦曾於政治大學、輔仁大學、真理大學等校院授課。2003年於東華大學民族語言與傳播學系暨民族發展研究所擔任專任副教授，2004年起則擔任國立中興大學臺灣文學研究所專任副教授。

從以上的豐富經歷來看，向陽的確是橫跨文學創作與傳播媒體這兩大領域的佼佼者。而從早期的多方嘗試，到80年代的出版顛峰，以及90年代以後的轉向學術，詩人的創作向度也不斷與時俱進，積極呼應社會的種種脈動與現象。

以下，個人即依據其生平經歷及詩作出版的演變關係，大致將向陽的創作歷程劃分成三個階段（參見表1）。

表1　向陽新詩創作分期表

期別	年代	詩集	重要事件
奠基期	1974～1980	銀杏的仰望 種籽	組「詩脈」季刊、「大學文藝社」 服役 創「陽光小集」 獲「時報文學獎」
發展期	1981～1991	十行集 歲月 土地的歌 四季 心事	結婚 轉赴《自立晚報》工作 獲「國家文藝獎」 「陽光小集」解散 赴美國愛荷華大學參加「國際寫作計畫」
轉型期	1992～	在寬闊的土地上 向陽詩選 （1974～1996） 向陽台語詩選 十行集 （增訂重排） 亂	進入文化大學攻讀碩士 離開「自立報系」 進入政治大學攻讀博士 於靜宜大學專任 設置網站「向陽工坊」 於東華大學專任 於中興大學專任

（一）奠基期（1974～1980）：這個階段大致包含大二到結婚前的時間。由《銀杏的仰望》與《種籽》這兩本少作的多種類型嘗試，其實也預告了詩人未來的發展方向，而積極參與結社與參加文學獎，則是向陽在此期的表現重點。

（二）發展期（1981～1991）：這個階段大致包含從詩人結婚到進入文化大學攻讀碩士之前的時間。而《十行集》、《歲月》、《土地的歌》、《四季》、《心事》等詩集，都是在這段期間出版。此外，獲得「國家文藝獎」，以及參加愛荷華「國際寫作計畫」，也為詩人的桂冠倍增光輝。

（三）轉型期（1992～）：這個階段以向陽進入碩士班為起點。至於詩集的出版則包括，選集：《在寬闊的土地上》、《向陽詩選》（1974～1996），舊作新印：《向陽台語詩選》、《十行集》，以及新作《亂》的籌備。而在離開報社後，向陽先後獲得碩、博士學位，並於大學校院任教，積極參與文化學術活動。

總的來看，不同期間對創作的努力與堅持應是相互貫串、前後統一。只是就著作出版的表現來說，奠基期的向陽是以多向度的書寫為主軸，在《銀杏的仰望》與《種籽》時期的詩作類型相對多樣，且皆以「分輯」並列的方式呈現。這一方面可能是作者對詩集內容的意見，但另一方面來說，各類詩作的累積尚未達到理想的數量，也許是更重要的關鍵。

而在發展期的向陽著作，則顯然改以「類型」為歸屬的首要原則。在這段期間出版的《十行集》、《歲月》、《土地的歌》、《四季》、《心事》等詩集，不論是在形式、語言或內容取向等各方面，均有其迥異於他者的特殊面貌。是以在發展期的向陽則著重於「個性化」的特色專輯。然配合時間縱線的輔助對照，則與奠基期並無二致。

至於轉型期以後的向陽，雖然仍可見其在格律或語言的試探，但是回歸詩作意涵的表達核心，似乎更是詩人關注的焦點。在這段期間，包含《在寬闊的土地上》與《向陽詩選》（1974～1996）等選集的出版，以及《向陽台語詩選》和《十行集》的舊作新印，均某種程度地印證詩人與詩作的價值。至於管窺其新作《亂》的梗概，其中有受到後現代風格的影響，乃至融入網路書寫的理念實踐，以及回歸意識內容的主體，在在都宣示向陽了「十行詩」與「台語詩」之外，另一種被積極開拓的可能。

三、向陽新詩創作與類型研究

向陽是典型的著作等身，從文學創作來看，包含：新詩、散文、兒童文學等將近三十冊；而包含學術論著、校訂、文化評論，以及各類文學選輯的編輯與翻譯，也有三十餘冊。至於其個人新詩創作出版的部分，則有以下的十一冊（參見表2）。

表2　向陽新詩創作出版一覽表

書名	出版地	出版社	出版年	收錄作品年代	備註
銀杏的仰望	臺北	故鄉出版社	1977	1974～1976	
種籽	臺北	東大圖書公司	1980	1977～1979	
十行集	臺北	九歌出版社	1984	1976～1984	2004增訂重排
歲月	臺北	大地出版社	1985	1976～1985	
土地的歌	臺北	自立晚報社	1985	1976～1985	
四季	臺北	漢藝色研出版社	1986	1985～1986	
心事	臺北	漢藝色研出版社	1987	1975～1979	
在寬闊的土地上	北京	人民文學出版社	1994		選集
向陽詩選（1974～1996）	臺北	洪範書店	1999	1974～1996	選集
向陽台語詩選	臺南	金安機構	2002		原《土地的歌》
亂	臺北	印刻出版公司	2005	1989～2003	

以上合計雖有十一本詩集，但《在寬闊的土地上》與《向陽詩選》皆為選集，《向陽台語詩選》則是《土地的歌》的翻印，另《亂》則尚未出版。因此，我們目前所能討論的向陽詩作，也只能以《銀杏的仰望》、《種籽》、《十行集》、《歲月》、《土地的歌》、《四季》、《心事》及部分收錄於《向陽詩選》（1974～1996）裡的新作為限。以下，則依著作出版的先後順序，分別加以評述。

（一）銀杏的仰望

《銀杏的仰望》是向陽的第一本詩集，主要收錄1974～1976年間的創作。詩作的內容共分為七輯。向陽曾自剖曰：

> 輯一「銀杏的仰望」是我個人生活所感所見所聞的紀錄，其中大抵以懷鄉思舊為主，正是做為八年摸索中一種最後的回顧，……。輯二「念奴嬌」收錄近兩年裡寫的情詩，……。輯三「調寄」……嘗試以技巧的運用來反映，諷刺或者揶揄我個人所知人生所學知識與所感事件。輯四「小站十行」則屬於現代詩形式之建立的努力，詩分兩段各五行，採用前後對比，或嘗試景物交融，或加以時空設計，或混合使用，以求詩的密度強度與深度廣度。……。輯五「山海經」是開始步入詩壇的第一輯詩作，……。輯六「河悲」包括初期與近期我對人世或歷史的態度與探知。……。輯七「家譜」是方言詩，……，如何拓展國語文學的幅度，如何刺激文學作

> 品更為強韌的生命力，這是我主要的理想。[2]

總上所述，是書雖然分為七輯，但實際上卻僅有五類。輯一「銀杏的仰望」與輯五「山海經」皆為作者對於土地的關懷，藉由土地上的一草一木與山海，抒發個人的心靈情感。而輯三「調寄」與輯六「河悲」同是人事與歷史感懷，融入古典意象，透顯作者諷刺與批判社會的各種樣態。至於輯二「念奴嬌」是著重感情的情詩系列。另外，輯四「小站十行」的十行格律嘗試，以及輯七「家譜」採用方言（台語、母語）以獲得語言的突破，而這些具體的成就，也將在日後繼續被發揚光大。

（二）種籽

《種籽》是向陽的第二本詩集，主要收錄1977～1979年間的創作。詩作內容共分為五輯。向陽曾自述：

> 輯一「暗中的玫瑰」屬於詩形式的另一探求和醞釀，除了原來的句數的相當外，我也嘗試「現代詩一忌」之「齊頭齊腳」的可能。……；部分詩作又嘗試現代詩之另一忌——押韻，如「竹枝詞」、「從冬天的手裡」以國音「ㄤ韻」中，「夜過小站聞雨」、「歲月跟著」之輪段換韻，凡此皆在試求現代詩誦讀吟詠的可能，……。輯二「愛貞篇」可說是個人情愛的付託，然則通過詩，我也努力去輻射對鄉土之愛與對家

[7] 同註1，頁204-205。

> 國之貞，……。輯三「種籽十行」仍延續前期十行詩之基本精神，另在比興之外，試求「賦」於小詩的可能，……。輯四「大進擊」包括「中型詩」四首，長詩一首，或抒情，或敘事，或雜敘雜議，……。輯五「鄉里記事」則為延續「家譜」之系列作品，全輯寫畢於六十六年初秋，入伍前夕……[3]

總的來看，《種籽》的寫作基調仍是承接自《銀杏的仰望》。輯一「暗中的玫瑰」的形式追求，與《銀杏的仰望》輯二的「調寄」互相呼應。輯二「愛貞篇」則承續前書「念奴嬌」的情詩類型。至於，輯三「種籽十行」是十行形式的延續，輯五「鄉里記事」同樣是「家譜」系列的台語詩，這些都在作者的自述中坦承。而輯四「大進擊」則是中長篇的得獎敘事詩。

從《銀杏的仰望》到《種籽》，大致體現了向陽70年代詩作的諸種面向，而詩人這些既定的理想，也將在80年代陸續以專書的方式呈現。

（三）十行集

《十行集》是向陽第一本以類型為主體的詩集，主要收錄1976～1984年間的72首十行詩（〈聽雨〉作於1974年）。詩作共分為三卷。卷一「小站」選錄至1977年為止的作品，得詩23首，除〈問答〉、〈窗簾〉（原題〈血帘〉、〈楚漢〉這3首之外，其餘都是《銀杏的仰望》中輯四「小站十

---

8 向陽，〈尋求繫根繁殖的土地——詩集「種籽」後記〉，《種籽》（臺北：東大，1980），頁209-211。

行」的舊作。卷二「草根」則選錄至1980年的28首詩作，大部分內容也與《種籽》輯三「種籽十行」的詩作重複，除了前述3首詩作的改列，另〈流光〉則列此卷末。卷三「立場」選錄至1984年的作品，得詩21首，這也是詩人對十行形式的最新力作。

《十行集》是依寫作的先後編排，所以，「這三卷詩作，其實也分別象徵了我在『十行詩體』實驗過程中的不同心境，也可見即使在同一種固定的形式之下，不同的技巧、精神與境界是一樣可以有所發揮，不因形式而使詩受到絕對的制裁。」[4]以下，可以舉〈立場〉為代表。

你問我立場，沈默地
我望著天空的飛鳥而拒絕
答腔，在人群中我們一樣
呼吸空氣，喜樂或者哀傷
站著，且在同一塊土地上

不一樣的是眼光，我們
同時目睹馬路兩旁，眾多
腳步來來往往。如果忘掉
不同路向，我會答覆你
人類雙腳所踏，都是故鄉[5]

---

9 向陽，〈「十行」心路〉，《十行集》（臺北：九歌，1984），頁196。
10 向陽，〈立場〉，《十行集》，頁174-175。

向陽曾自行對這首詩加以解釋：「這首詩揚棄了前期十行的字句雕琢，以生活化的語言、素材，通過『賦比興』三種詩法的交揉運用，觸及最終的主題——人類與土地的愛，不因相互路向的異同而有所歧異。以『天空的飛鳥』不用為路向困擾，來反諷人的拘泥於路線之爭；以『同在一塊土地上』來正面說明人的一切試探最後都是生活的大地的果實，最後合於『人類雙腳所踏都是故鄉』的歸屬感。詩的結構由『問』起，至『答覆』止，意象單純，而詩旨也頗明朗，是我現階段在詩創作上努力追求的境界。[6]」

關於這種「自鑄格律」的開創，向陽曾一路往楚辭、詩經、漢賦、唐詩、宋詞、元曲探詢，當他發現到這些偉大作品的共同特色是：「一樣注重意象，一樣富有奇拔的詩想，一樣講究詩的種種質素。[7]」尤其，

> 他們擁有經過創造而後定形的格律。他們使用了自足的形式，巧妙地承載了詩人創造的意象、豐富的心靈，因而吸引了讀者，並使讀者易於誦讀、欣賞、辨識乃至於習作。[8]

不過形式的建構卻可能利弊相摻，因為：

[11] 向陽，〈「十行」心路〉，《十行集》，頁201。

[12] 同註6，頁191。

[13] 同註6，頁191-192。

形式未必全是使詩作廣受接受的唯一因素，甚至可能成為思想的羈絆——但是完全放棄形式，詩人真能自我控制，「行於當行，止於不能不止」嗎？答案是悲觀的；而對詩的讀者來說，二首不拘形式的現代詩並置時，誰能判別詩的好壞？答案可能真是「在茫茫的風裡」。就現階段的現代詩而言，所謂「困境」就如此產生了，先不論詩想的寬廣或窄仄，前者使詩學成為「私學」，詩的傳承全賴獨出心裁、各耍花招；後者使讀者成為「詩盲」，無法分辨良窳，甚至從此棄絕[9]。

所以這樣的抉擇，勢必要遭受詩想與形式的兩難考量。「然而，詩人之可貴，豈不在於他能以最佳形式承載深刻的思想、馭繁於簡的意象嗎？如果詩人不能在狹窄的形式空間裡，處理最寬闊的詩想境界，則其可貴何在？」[10]是以格律化的追求，也有其崇高理想，只是這種形式能否被普遍認同、廣為接受，則有待其他相關因素的配合。

《十行集》於2004年重版新印，文末並新附「《十行集》相關評論介析引得」，收錄文章達三十四篇，可見「十行詩」對於詩壇所引發的討論與迴響[11]。而向陽《十行集》的實驗雖然未見接續者發揚光大，但卻為隨後的詩人標誌出一個具有意義的里程碑。

---

[14] 同註6，頁192。

[15] 同註6。

[16] 參見向陽，〈「十行集」相關評論介析引得〉，《十行集》（臺北：九歌，2004），頁226-230。

（四）歲月

《歲月》主要收錄向陽在1976～1985年間的詩作。這本詩集與《十行集》、《土地的歌》的創作時間有頗多重疊，然這一本「夾縫」中的詩集，究竟有什麼特殊的意義呢？關於這一點，向陽曾自述：「尤其『歲月』，更是頗為集中的映現了從70年代末期以迄80年代初期，我對於所身處的臺灣時空的感應與思索。而此一感應與思索，在時間上，係從我對文化中國的心儀中來；在空間上，則從我對現實臺灣的熱愛中來。」[12]

《歲月》的內容共分五卷，其區隔約略如下：

> 卷一「蟬歌」收二十行詩十首，內容較多個人的心靈省思，是以「我」為出發來看待生存的時空；卷二「泥土與花」收不定形式詩作十首，內容較傾向於對生長我的土地及人群的咏歎；卷三「歲月跟著」收早期十六行詩十首，內容偏向於對存續時間的悲喜感應；卷四「在寬闊的土地上」收六十行詩六首，……；卷五「霧社」收三四〇行敘事詩「霧社」一首。[13]

而以上的五卷作品，部分完成於1975～1976年的詩作，如〈落雨的小站〉、〈初綻〉、〈銀杏的仰望〉、〈灞陵行〉已收錄在《銀杏的仰望》。至於在1977～1979年完成

[17] 向陽，〈歲月：苔痕與草色〉，《歲月》（臺北：大地，1985），頁170。
[18] 同註12，頁170-171。

的〈穀雨〉、〈暗中的玫瑰〉、〈夜過小站聞雨〉、〈青空律〉以及卷五的「霧社」等，也曾收錄於《種籽》。而在1980～1985年間的創作，乃是向陽在《歲月》中所想要展現的主要內涵。

從詩作的形式來看，包括卷一「蟬歌」的20行詩，卷三「歲月跟著」的16行詩，都屬於向陽在「十行」以外的格律追求，其工整者不僅僅是單純的齊頭齊尾，甚至是包含字句語詞的對應。如〈夜過小站聞雨〉：

> 越過廣垠的原野無聲的夜
> 翻過暗黑的山巒無語的夜
> 靜靜落下是天空陰冷的臉
> 徐徐逼來是海洋鹹濕的淚
>
> 海洋的淚躲進窗中那臉上
> 天空的臉逃入眼前那燈內
> 燈在夜裡徐徐翻過那山巒
> 夜在燈裡靜靜越過那原野[14]

單以這8行的內容來看，詩人不但求得形式的整齊，而對於字詞的調換重置，或是句型的反複變化，都可說是信手拈來、運用自如。不但在整齊中有變化，在變化中也有統一。是以針對字詞語句的掌握，皆可在字裡行間隱然浮現。

---

[19] 向陽，〈夜過小站聞雨〉，《歲月》，頁71。

至於從詩作的內容來看，向陽也自述：「如果說『十行集』是我感應於文化中國的結晶，『土地的歌』便是我思索於現實臺灣的產物，『歲月』則是我面對這兩者不管在題材上或在精神上的綜合。」[15]而這樣的情感與寫作方向，同樣可以從詩作中得到印證。

走過夢、愛，走過海岸——
走過這塊土地與人民的悲歡
漁民撒開了他們堅實的網
牡蠣養殖者心煩於低潮線
鹽田上曝曬的是笠下的血汗
有人逐沙灘尋貝養家，有人
守終日以記高蹺鴴行跡……
朝潮夕汐，月落日昇，何時
我們能夠保育厚生，無愧地
走過我們的海岸我們的愛[16]

基本而言，外在形式設計與內在情意表達是可能各自獨立表述，然而創作者的誠心告白，若無修辭能力的輔助，也可能流於吶喊或口號。在〈走過我們的海岸〉一詩中，向陽雖然選擇相對素樸的語言來表達，但是在異同變化的語句內容裡，其真摯情懷的灌注，仍可令所有的知音感同身受。

[20] 向陽，〈歲月：苔痕與草色〉，《歲月》，頁170。
[21] 向陽，〈走過我們的海岸〉，《歲月》，頁121-122。

（五）土地的歌

《土地的歌》主要是收錄向陽在1976～1985年間所寫的方言（台語、母語）詩。這本詩集共分成三個部分：「卷一・家譜」分成「血親篇」4首與「姻親篇」3首，而這部分的作品皆已收錄於《銀杏的仰望》。「卷二・鄉里記事」則分為「狂誕篇」2首、「顯貴篇」3首、「百姓篇」3首、「不肖篇」3首、「賢人篇」3首、「民俗篇」2首，除「民俗篇」外，其餘的詩作也已收錄於《種籽》。至於「卷三・都市見聞」也分為「起居篇」3首、「遊俠篇」4首、「驃騎篇」3首、「貨殖篇」3首，以上均為1982年以後新作。

《土地的歌》及其系列的台語詩作，也是向陽經常被討論的重要內容。誠如王灝所言：「用閩南語方言來寫詩，非始自向陽，但用一種更嚴肅的態度，更精確的方言語彙，有計劃而有系統性的處理方法來經營方言詩，而卓然有成者，則非向陽莫屬。」[17]稍後，他又表示：「向陽的方言詩創作，儼然而有著導正的勇氣及自期，他想更自覺地使用鄉土方言，表達真正的人性，在以鄉土為表的同時，更能以文學為質，以人性為本，發而為真正的鄉土聲音，……」[18]

至於向陽創作「方言詩」（台語詩、母語詩）的動機，他也曾自述：

---

[22] 王灝，〈不只是鄉音——試論向陽的方言詩〉，收入向陽，《土地的歌》（臺北：自立晚報，1985），頁157。

[23] 同註17，頁162。

> 六十五年中旬，當時大三學生的我在陽明山山仔后寫下第一批嘗試的方言詩「家譜．血親篇」四首。其時我初入詩壇，因為父親病重，「想藉詩來代父親說話，來探尋父親的生命」，於是開始使用母語寫詩，……[19]

> 事實上，方言詩的創作，在我是一種生命的抉擇與考驗。這當中，包含有我對詩壇曾有過的一段「晦澀黃昏」之側面澄清，對生長的鄉土之正面呈現，以及試圖裁枝剪葉，將方言適度地移植到國語文學中的理想。而最重要的是，對「人間愛」，我許久以來即抱有頗為深摯的感情[20]。

1949年國共戰爭局勢逆轉，撤退來台的國民黨政府，不但全面接管各種傳播媒體，更假借推動「國語」之便，大肆壓抑母語的學習與傳播。「由於國民黨政權的強行推動『國語』（華文）政策，造成母語慘遭壓抑。台語詩的寫作轉化成台語流行歌曲，變成抒發臺灣中下階層的心聲，無法進入純文學的殿堂。」[21]因此在1977年的鄉土文學論戰爆發之前，也只有林宗源和向陽這兩位詩人嘗試著台語詩的開拓。

母語的根源也是血統的遺傳，這是自然而然、無可抑遏的。而後起之秀的向陽不僅是臺灣當代極重要的現代詩人，在70年代台語詩的創作上，更有著劃時代的貢獻。所以，

---

24 向陽，〈土地：自尊和勇健〉，《土地的歌》，頁190。

25 向陽，〈情調的節點——一個寫詩人的自述〉，《銀杏的仰望》，頁208。

26 羊子喬，〈日據時期的台語詩〉，收錄於文訊雜誌社編，《臺灣現代詩史論》（臺北：文訊，1996），頁89。

向陽在台語詩的起步不是最早，但由於他在修辭與格律上曾經多所努力，所以不論是在內容或藝術的成就，都有令人嘆服的表現。在《土地的歌》這部方言詩集中，向陽的成就尤具有時代性的指標，對藝術性向來薄弱的母語詩來說，向陽的台語詩的確是獨樹一幟[22]。

而相關的作品，我們可以援引〈村長伯仔欲造橋〉來加以說明。

村長伯仔實在了不起
舊年裝的路燈今年會發光的存一半
今年修的水管舊年也已經修過兩三遍
只有溪埔雖然無溪水也愛有一條橋
有橋以後都市人會來庄裡就發達
造橋重要收成運送也順利

造橋確實重要否則庄裡就無腳
計程車會得過不過小包車想欲過不敢過
咱的庄裡觀光資本有十成便利無半成
造橋重要請村民支持這亦不是為我自己
雖然我有一臺金龜車，橋若無造
同款和各位父老步輪過溪埔

[27] 林于弘，《臺灣新詩分類學》（臺北：鷹漢，2004），頁218。

村長伯仔講話算話

每一日自溪埔彼邊來庄裡走縱

為著全庄的交通村民的利便

他將彼臺金龜車鎖在車庫內

村長伯仔講是橋若無造他就不開鎖

哎！造橋確實重要愛造橋[23]

「這首詩從頭至尾一直透過敘事者的陳述來強調造橋的重要，但這些「似是而非」的理由卻令人發噱的。表面上村長伯仔「實在了不起」，但實際上卻是：「舊年裝的路燈今年會發光的存一半／今年修的水管舊年也已經修過兩三遍」，如此低劣的工程品質，在經由陳述者的反諷之後，可以讓讀者有更深一層的體會。因此「只有溪埔雖然無溪水也愛有一條橋」和「溪沙同款算未完的理由」，都只是種種的障眼法，村長伯仔為了自己的那台金龜車，才是最重要的關鍵。這些土豪劣紳的卑鄙作為，實在令人不齒，是以透過這樣的手法來對比呈顯，意義尤其深刻。」[24]而張漢良也提出批評：「在這種情形之下，讀者的認知與敘述者的認知發生衝突，村長伯仔的原形畢露，而『實在了不起』便成為反諷（irony），張力於焉產生。」[25]

---

[28] 向陽，〈村長伯仔欲造橋〉，《土地的歌》，頁39-41。

[29] 林于弘，〈台語詩中的反諷世界——以向陽《土地的歌》為例〉，《臺灣人文》第2號，1998年7月，頁119-120。

[30] 參見張漢良、蕭蕭編，《現代詩導讀・導讀篇三》（臺北：故鄉，1979），頁277。

詩歌文學的表現，本就有偏重於間接隱諱的一面，因此技巧的使用與呈現，也代表著一種文學的成熟與發展。向陽大力擺脫母語文學「平鋪直敘」的保守思維，確實也為臺灣母語文學的未來指出一條活路。

《土地的歌》在2002年由臺南金安出版社以《向陽台語詩選》之名重新印製，文末另收錄鄭良偉、王灝、林于弘、宋田水、蕭蕭及林淇瀁等多位學者專家的論評[26]。而從這些多元且豐富的回應來看，亦展現向陽在臺灣母語文學的開創與精進之功。

（六）四季

《四季》是屬於單一主題的創作，其創作主要集中於1985～1986年，於愛荷華大學參與「國際寫作計畫」期間。這本詩集經畫家李蕭錕設計、周于棟插繪，並以手跡製版印刷，也是一大創意，這也是向陽迄今最賣座的一本詩集。

《四季》的詩作皆以二十四節氣為標題，依據節令順序，每季6首，表現臺灣春夏秋冬的生活與想像。「卷之春」收錄〈立春〉、〈雨水〉、〈驚蟄〉、〈春分〉、〈清明〉、〈穀雨〉；「卷之夏」收錄〈立夏〉、〈小滿〉、〈芒種〉、〈夏至〉、〈小暑〉、〈大暑〉；「卷之秋」收錄〈立秋〉、〈處暑〉、〈白露〉、〈秋分〉、〈寒露〉、〈霜降〉；「卷之冬」收錄〈立冬〉、〈小雪〉、〈大雪〉、〈冬至〉、〈小寒〉、〈大寒〉。以上四季輪迴，亦是週而復始。而詩作的標

[31] 參見向陽，《向陽台語詩選》（臺南：金安，2002），頁150-320。

題雖然雷同，但是在內容處理與型式設計的表現，卻有著迴然的差異。如〈大暑〉便饒富創意。

熱，從冷中來　　冷向熱中去
整座城市喧鬧著　　在漸寒的夜裏
在孤寂的燈下　　思念如火
愛情被草草埋葬　　痛，走入心肺
被拋置於誓辭上　　都已冰涼了
窗口的滿天星　　滿天的星
燦然怒放著　　呼喚著
那年夏天的歎息　　你的名字與形影
熱辣辣劃過　　從我眼前
鬱悶的風中　　一顆星子滑落

一顆星子滑落　　鬱悶的風中
從我眼前　　熱辣辣劃過
你的名字與形影　　那年夏天的歎息
呼喚著　　燦然怒放著
滿天的星　　窗口的滿天星
都已冰涼了　　被拋置於誓辭上
痛，走入心肺　　愛情被草草埋葬
思念如火　　在孤寂的燈下
在漸寒的夜裏　　整座城市喧鬧著
冷向熱中去　　熱，從冷中來

這首詩向陽曾自加附註：「本詩係試作現代詩『迴文體』。以詩中空白『十』字為座標，縱橫與經緯交錯。閱讀時，以句為單位，可順讀可逆讀，可右至左可左至右，可上而下可下而上，可跳句上下可左右換句……只要閱讀方式循一定規則，讀法即隨之轉換；句與句間的組合，也因此決定詩中情思的變化。」然其後又言：「本詩的寫作，意在嘗試突破時空界限，至於句式組合、句法排列，則其餘事也。」[27]只是之前不厭其煩且鉅細靡遺地解釋「迴文體」讀法的種種可能，然而在結尾卻筆鋒一轉，將精心形式的設計視為「餘事」。可見向陽在建構形式的同時，也不斷反思種種拆解的可能。如此「得魚忘筌、得意忘言」的借鏡，也讓詩人不斷地深思，形式背後所寓含的具體意義究竟何在？

（七）心事

《心事》雖是向陽迄今最後一本出版的一般性詩集，然其所收錄的卻是1975～1979年間的少作。《心事》的內容分「卷之交」與「卷之會」兩部分，「卷之交」錄詩10首，其內容次第與《銀杏的仰望》「輯二 念奴嬌」完全相同；至於「卷之會」同樣錄詩10首，其內容大致也與《種籽》「輯二 愛貞篇」完全相同，除了第1首〈瀑布十分〉可能因為篇幅過長而無法收錄之外，其餘的部分和之前如出一轍。

基本上來說，《心事》是向陽年少情詩的重印，而配上李蕭錕的插畫與封面設計，讓這本詩集呈現一種唯美的基

[32] 向陽，〈大暑〉，《向陽詩選（1974～1996）》（臺北：洪範，1999），頁240-242。

調。而這樣的設計，也某種程度地呼應了當時的主流詩風。不過純粹就詩創作的內容來看，《心事》的文字內容其實是相對薄弱的。

（八）向陽詩選（1974～1996）

1999年出版的《向陽詩選》（1974～1996），除了收錄前七本詩集的精華之外，也包含自1989年至今未結集的作品，所以即將出版的詩稿《亂》之梗概，似乎也可以藉此一窺端倪。

「亂」共收錄7首詩作。就形式的變化而言，有利用□□以產生歧異效果的〈發現□□〉。另外利用不同數量的□，以重新組合拼貼的模式，將句子拆解分列的〈一首被撕裂的詩〉，也饒富創意。

一六四五年掉在揚州、嘉定
漢人的頭，直到一九一一年
滿清末帝也沒有向他們道歉

夜空把□□□□□□
黑是此際□□□□□
星星也□□□□□
由著風□□□□□□□
黎明□□□

□夕陽□□

□□唯一□□□

□遮住了□□

□雨敲打□□□□

的大□

□帶上床了

□□的聲音

□□眼睛

□□尚未到來

門[28]

至於就語言的變化而言，〈我有一個夢〉採用「單數節使用台語，雙數節使用國語」的奇偶轉換。而〈咬舌詩〉則是以「明體字為國語，楷體字為台語」的錯落變化，這些也可看作是詩人因為貼合特殊時空背景所產生的精心設計。

這是一個怎麼樣的年代？怎麼樣的一個年代？

這是啥麼款的一個世界？一個啥麼款的世界？

黃昏在昏黃的陽光下**無代誌罔掠目蝨相咬**，

城市在星星還沒出現前已經**目睭花花，匏仔看做菜瓜**，

平凡的我們**不知欲變啥麼蛫，創啥麼碗粿**？

孤孤單單。做牛就愛拖，啊，做人就愛磨。

---

1 向陽，〈一首被撕裂的詩〉，《向陽詩選（1974～1996）》，頁264-265。

拖拖拖，磨磨磨，

拖拖磨磨，有拖就有磨。

這是一個喧嘩而孤獨的年代，**一人一家代，公媽隨人差的世界。**

你有你的大小號，我有我的長短調，

有人愛歕DoReMi，有人愛唱歌仔戲，

亦有人愛聽莫札特、杜布西，**猶有彼個落落長的柴可夫斯基。**

吃不盡漢堡牛排豬腳雞腿鴨賞、以及SaSiMi，

喝不完可樂咖啡紅茶綠茶烏龍、還有**嗨頭仔**白蘭地威士忌，

唉，這樣一個喧嘩而孤獨的年代，

搞不清楚我的白天比你的黑夜光明還是你的黑夜比我的白天美麗？[29]

而〈日的文本及其左右上下〉則是透過文字的拼貼以造成不同變化。至於〈野百合靜靜地開〉與〈亂〉則多用重複詞語句型，以及頂針、迴文、排比且融入押韻等多向度的技巧。

在靜寂的夜中醒過來的夜喧嘩著

醒是夢，夢死也醉生，最後還得醒

和平夢，夢戰爭，戰爭夢和平

積木一樣，隨意堆疊

---

[2] 向陽，〈咬舌詩〉，《向陽詩選（1974～1996）》，頁293-294。

亂，也隨意堆疊
積木一樣溫順沉默的我們
在政客軍頭的遊戲中
被集合被解散被撿拾被棄置被敲打被命令
被編號被設籍被上色被分類被排列被界定
在夜的某個區位中
在亂的某個經緯上
在我們自己也搞不清楚的某個夢裡
我們堅決相信可以夢見黎明[30]。

以上就形式的實驗可謂多樣，但是就內容的表現言，卻同是源於對社會現實的誠摯關懷。是以在形式建構和語言開展的領域之外，詩人所真正在意的，或許是對這塊土地上所有生命存在意涵的反思。向陽曾表示：「詩的路途，從1974年開始正式向著暗夜展開，在形式、內容的翻滾傾覆中，當年的我企圖找尋的的只是符號的意義。……。在這塊田園中，我同時而分別地播撒『十行詩』和『台語詩』的種苗，嘗試著為臺灣現代詩蔚培新的風景，更多的是探索我的生命。」[31]接著，他又說：「三十五歲以後至今，在臺灣的政治變遷中，雜沓凌亂的政論作品之外，偶爾甦醒的詩的靈魂，在框架之中，填入荒謬難名的臺灣影像。」[32]是以詩人的愛心與憂心，也在詩作的種種可能中，以各自的面貌多彩呈現。

---

[3] 向陽，〈亂〉，《向陽詩選（1974～1996）》，頁281-282。
[4] 向陽，〈折若木以拂日——自序〉，《向陽詩選（1974～1996）》，頁2。
[5] 同註31。

四、結論：傳承與開拓

向陽從十三歲（1968）開始寫作，1974年正式發表詩作，以十行詩和台語詩獨樹一幟於臺灣詩壇。其作品融合傳統與鄉土，其風格兼有現代及寫實，是臺灣中生代詩人裡的指標人物。然則向陽的詩作之所以能在競爭激烈的臺灣詩壇中佔有重要的一席之地，實亦有諸多因素的相互配合。

首先，就詩人的自身條件而言，其努力不懈的多方嘗試，當然是最重要的因素。詩人年少時雅愛屈原〈離騷〉的濫觴，應是開啟日後創作「十行詩」與「台語詩」的關鍵。

楚辭雖為韻文結構，但形式相對靈動。而向陽除了十行詩與其他偏向固定格律的作品之外，時至今日的諸多詩作仍多重視格律音韻的安排，此處可見其受楚辭的影響。

宋黃伯思〈翼騷序〉云：「屈宋諸騷，皆書楚語，作楚聲，紀處地，名楚物，故可謂之楚辭。」[33]故楚辭也是一種典型的方言（母語）文學，援古通今，在臺灣以台語詩發聲自然是理直氣壯。所以，向陽也認為，「其後我用十七年光陰，勞神苦心才初步完成的『十行詩』與『方言詩』兩大試驗，原來早已存活在十七年前我字字抄寫的『離騷』中——它們一來自傳統文學的光照，一出於現實鄉土的潤洗，看似相拒相斥，而其實並生並濟——屈原在辭賦上發展的典範型格、在內容上強調的鄉土根性、以及他在精神上熱愛土地、人民的熱情，似乎

6 劉大杰，《中國文學發展史》（臺北：華正，1985），頁100。

早在十七年前我的抄寫過程中，給了我不自覺的啟示。」[34]

所以，「儘管十行詩的古典型格與方言詩的鄉土根性看似違背，實則相輔相成，各為我朝向『提昇人間尊嚴』奔翔的兩翼，缺一而不可。」[35]因此，對向陽的新詩創作是溯源於楚辭，是有相當程度的可信性。

另外，就時代的配合條件而言。所謂：「時代考驗詩人，詩人創造時代。」向陽介入詩壇理當在70年代前期，而當時的詩風已逐漸擺脫虛無空洞與模仿的迷思，逐漸轉向傳統與本土的認同。尤其是1977年爆發「鄉土文學論戰」，以及1979的「美麗島事件」之後，「本土」的意識勃興已是大勢所趨，向陽的台語詩得此天時地利之助，因此也能獲致更多的共鳴。

然而向陽之所以能成為向陽的典型，尚有其「能立能破」的膽識。80年代中期以後的向陽，更超脫了他在「十行詩」和「台語詩」的既有成就，持續嘗試新語言的融合鍛接，新形式的安排設計，持續在詩的海洋裡尋珍搜奇。

另需額外一提的是，向陽也是中生代詩人中，少數涉足於網路世界的「異數」。在90年代末，向陽即已搭建綿密的網頁系統，而向陽在網路詩的實驗作品，也有極大的突破與創意。但是這些「超文本」的作品，並不適合以「文本」的形式傳達，所以有關近年來向陽在網路世界的悠遊，也只能請大家自行上網至臺灣網路詩實驗室（http://home.kimo.com.tw/poettaiwan/），此處必須先暫存而弗論。不過某些對文本創

[7] 向陽，〈土地：自尊和勇健〉，《土地的歌》，頁188。

[8] 同註34，頁189。

作所產生的啟發與互動，也在向陽更晚近的詩作中展現。

向陽曾說：「追求詩義上的『為時而作』與追求詩藝上的『為詩而作』，都同樣困難；要將載道與言志並冶於一爐更不簡單。詩人如果是夜裡點起的一盞燈，他的責任即是要在最黑最暗處放光——但首先他必須是一盞燈，其次他必須是一盞能夠放光的燈，然後才是考慮他放出的光芒多強多弱。」[36]

簡單的說，詩人必須成為一個詩人，然後才可能考慮他的作用。而向陽對自己的諾言，也以此虔誠的實踐，得到應有的肯定與證成。

---

[9] 向陽，〈出入——在熱愛與冷智之間〉，《歲月》，頁2。

鍾喬現代詩的書寫意涵與人文理念

一、前言

詩、散文、小說與戲劇，雖然同為當代文學的四大領域，但是由於不同文體間的表達形式互有差異，因此對從事不同類型藝術的創作者來說，所擅長的項目也各有不同。其中，詩、散文、小說由於表達方式與書寫工具近似，彼此「跨界寫作」的現象也相對明顯，但是之於戲劇一類，卻鮮有跨界現象。這一方面也許肇因於戲劇內涵的複雜多樣，另一方面也和戲劇的表達方式和傳統文本書寫有諸多不同，是以能夠兼擅此二者的作家，也就更顯得彌足珍貴了。

在戰後的臺灣現代詩人中，前行代的瘂弦曾有傑出的舞台劇表現，而管管更是得意於電影及電視的演出，但若以現代劇場的參與來看，能同時活躍於詩壇與劇場的，大概也只有鴻鴻與鍾喬。他們之所以能夠橫跨新詩與戲劇，大抵必須歸功於劇場的專業背景，鴻鴻是國立藝術學院戲劇系畢業，鍾喬則是文化大學藝術研究所碩士，因此劇場的專業對他們並不構成障礙，至於對新詩的喜愛，反而是他們另一道文學藝術的表現出口。

鴻鴻和鍾喬大約在80年代前後投身詩壇，其中鴻鴻在詩壇的耕耘較深較多，因此熟知者眾，作品的研究也相對可觀；但是鍾喬多以劇場的經營為主，其研究多偏向劇場的部分，相較於他在詩壇的成就，反而容易被忽略。事實上，鍾喬迄今已有《在血泊中航行》（1987）、《滾動原鄉》（1999）與《靈魂的口袋》（2003）等三本詩集出版，在質與量的表現均有可觀。此外，鍾喬除了兼有劇場與新詩的創作之外，他的客家族群背景，也富含文化的特殊意義。是以本文即嘗試透過其現代詩作的呈現，探討其文學理念與寫作手法，並歸納他對社會現實的省思與期待。

二、鍾喬的詩路與詩觀

鍾喬，1956年生，苗栗三義人，中央大學外文系畢業，中國文化大學藝術研究所碩士。創作類型有詩、散文、小說、劇本與報導文學等多種，亦身兼詩人、作家、劇場工作者等多重身分。80年代中期，投身報導寫作行列，參與社會運動，並與楊渡、詹澈組織「春風詩社」，且在《人間雜誌》撰寫報導作品。1990年初，廣泛接觸第三世界「民眾劇場」戲劇，並組織「差事劇團」。多次策劃國際性劇場活動與戲劇，積極參與亞洲文化主體的發聲，與亞洲各藝術者相互交流。曾編導小劇場作品《逆旅》、《士兵的故事》、《記憶的月台》、《海上旅館》、《霧中迷宮》，並受邀前往日本、澳門演出。劇場相關作品有《邊緣檔案》、《亞洲的吶喊》、《觀眾，請站起來》等文集與劇作集《魔幻帳篷》，小說有

《戲中壁》、《阿罩霧將軍》、《雨中的法西斯刑場》，報導文學有《回到人間的現場》等，已出版詩集則有《在血泊中航行》、《滾動原鄉》與《靈魂的口袋》。

鍾喬認為：「文學以人為起點，也以人結束。有了『人』這個主觀能動的存在，社會、歷史、思想才得以衍生、凝聚，參與文學創作的具體行動。換言之，文學中「人」的地位與價值一旦被抽離、架空，代之以空洞的幻想、夢魘般的囈語時，文學則失去了傳達人的憧憬、希望的特質；更無法在歷史的透視中，反應廣闊人民的苦難或歡騰了。」[1]綜觀鍾喬作品，大至戲劇小至詩作，多以人為出發點，深刻描繪出人民生活苦難，透過自省方式、利用文字展現個人民胞物與胸懷。其詩作理念則深受詩人聶魯達的影響，以理性批判制度，呈現對弱勢族群的關懷。

另外，鍾喬也認為：「詩的寫作和劇場的實踐，像飽滿的風帆飄在我的胸臆間：詩是文字形象的創造；劇場是身體形象的捕捉。」[2]詩為個人情感的抒發紀錄，劇場則為身體實踐的行動，前者為心靈上的情感呈現，後者為行動上的實際表達。兩者相互牽連，同為影響鍾喬藝術創造的重要因素。

鍾喬的作品蘊含積極投身社會關懷的理念與行動，基於這樣的信仰，散發濃厚的人道主義氣質。鍾喬曾闡述自己的創作理念與動力：「我的血液中流淌著對胎動現實的熱情，從而視『報導文學』的寫作為生命標竿。我從被我報導的底層人們

---

[10] 鍾喬，《在血泊中航行》（臺北：人間出版社，1987），頁14。

[11] 鍾喬，〈記憶與想像的兩只翅膀——談《身體的鄉愁》〉，《文訊雜誌》第175期，2000年5月，頁82。

身上獲取啟蒙，因為具體的人生是虛浮世界之中的燈。我無從忘記燈下一張張在平凡中受著風寒之苦的臉。」[3]由此，鍾喬將自我的寫作風格與內容歸納為報導，乃是因其寫作根基於人民生活，且多經由觀察體悟所作。所以他以文字與戲劇紀錄社會，希望透過寫作為基層民眾發聲，並檢討當今社會的種種病態。

「然而，我還是屬於詩的。詩像海洋，以激湧的浪召喚著我這艘擱淺在灘岸上的船……。我這艘詩的油輪，重新從生活的海港出發，航向日月星辰，航向記憶與想像的海域，和我再度親近巴勃羅．聶魯達Pablo Neruda這位智利的詩人，有著神奇卻具體的關連。」[4]鍾喬將自己比喻為油輪，在浩瀚的大海中，所見所聞利用文字加以記錄。詩作的呈現，加上鍾喬個人對自我藝術、文學理念的實踐，表現在寫作上以社會為主要對象、人民生活為訴求、文字與戲劇為工具，邁向個人關懷情感的表現。

「如果寫詩也如卡繆所言，成為一種誓約！一種在苦難、傷痛面前，毫不遲疑地伸出臂膀的誓約；或許，寫詩還是值得終生去實踐的諾言。」[5]秉持著這樣的理想，鍾喬將其心力奉獻於文學藝術，以文字與戲劇為工具，邁向個人關懷情感的表現，並以積極的寫實手法析透社會與人生。

---

[12] 同註2，頁80。

[13] 同註2，頁81。

[14] 同註2，頁29。

三、鍾喬現代詩的人文理念

鍾喬的詩作以人文理念為主要的書寫核心，展現其寬闊胸懷與無私大愛，並以寫實的手法紀錄社會動態。以下的論述，即針對鍾喬詩作中有關「環境關懷保護」與「政治壓迫控訴」這兩大主軸，分別列舉詩作並進行評述。

（一）環境關懷保護

土地為萬物之母，人類的生命活動與發展，都是根基於土地所賦予的資源。面對日漸破壞的環境，鍾喬有著極悲憤的情緒。透過此一主題，展現他對於自然環境的關懷，更希冀環境保護能受到重視，建立永續發展的觀念。

環境保護是當前最被重視的課題。近年來層出不窮的抗議事件，居民的訴求多以生命保障與居家安全為第一優先。對此，鍾喬以環境議題寫作的〈水源里事件〉，即以居民抗議水汙染事件為題材，表現對環境破壞的嚴厲控訴：

他們將冥紙灑向天空，
好似宣告一個夢魘的結束，
這裡是河水的源頭，
據說，整個偌大的風城，
數百萬的市民、學生，
白天吃飯，晚上喝茶，
都靠一瓢清靜的水維生，

如果，消息傳遍大街小巷，
市井的老少都會驚覺，
工場的廢水汙染河川，
也會像他們一樣滿臉憤懣，
或許，不只運來一卡車的冥紙。[6]

透過鏡頭式的寫實敘述，將人民生活受到鄰近工廠排放廢水的威脅，以及心中的驚恐與不安明確呈現。全詩在靜態中也包含動態的書寫，如以「灑」為抗議動作描繪，凸顯民眾的憤怒心情。末句「或許，不只運來一卡車的冥紙」則透過冥紙的象徵，間接暗示可能的結果，表露不惜以生命抗爭的決心。

面對受威脅的居住環境，弱勢的人民除了利用行動表達不滿，實難以抵抗官商強權的欺壓，這種強弱之間的不義與弱勢族群的無助，讀來令人感同身受。

除了關懷生活環境之外，對於原子彈這類高殺傷力武器所造成的危害與汙染，同樣令人恐慌。鍾喬在〈百年之後〉中，也提出個人的看法：

噢！百年之後，
沿著廢墟走向荒原，
越過焦土踏上亂塚，
是否依稀悲憤難忘，
風暴來臨的那個夜晚

[15] 鍾喬，《在血泊中航行》，頁127。

我們都噙著淚水高呼：

「只要孩子，不要核子！」[7]

此詩共分五段，每段皆以「百年之後」開頭，接著進行敘述，利用一天的「晨醒時」、「風雨中」、「夜寐前」，以及上列的最後一段集結成一篇完整詩作。每一段闡述百年後環境的變遷與感懷，其中包含對環境受到破壞的諷刺、島嶼面貌不再等等，最終以「只要孩子，不要核子」點出全詩訴求的核心。

至於以上擷取的末段，是以荒原與焦土的意象，暗示戰爭的危害與殘破。末句的呼告，則暗示人民的心聲吶喊卻不受重視。全詩透過虛物想像百年後的地球，及其腳下土地的荒蕪，營造出濃稠的悲傷氣息，讓人對地球環境保護的迫切性，有更深一層的認知與領悟。

除了人為的破壞之外，大自然的反撲也常常帶給人類警訊，特別在這個忽略環保、濫墾濫伐的時代。由於開發過度，造成自然災害傷亡慘重的事件年年上演，如何從災害中記取教訓，更是刻不容緩的重要課題。對此，鍾喬以「九二一大地震」為例，訴說自然所給予的教訓：

人們終將重新憶起：

土地崩裂的子夜，

她們在焚風中找尋種籽的身影。

那時，沉埋在裂縫中的記憶，

[16] 同註6，頁130。

存留著發光的掌紋，

一如媽媽的叮嚀，來自石岡，

純粹、清晰，毫不遲疑地……

敷上一層彩虹般的色澤，

如預言，宣告作物永不止息的再生。

現在，傾倒的陳年老酒，

沿著起伏的歲月軌跡，

回返塌陷的伙房碎瓦堆裡。

從一只散裂的水罐，

傳出媽媽的歌聲：

「喂！你們聽見了嗎？看見了嗎？

我們就站在這生命之砂上，

隔著帳篷的肌膚，

朝著風雨的天空，

釋放溫柔似鋼弦的期待。」

她們唱著，靈魂在泥濘中顫動著，

以沾滿稻穗的柔韌的心，

跨越古老的斷層……

為九二一不眠而悸動底 守候。[8]

這首詩以九二一大地震的受災區——石岡——為出發點，直接顯現大自然反撲的力量。詩作不刻意凸顯災害地區的畫

[17] 鍾喬，〈石岡媽媽〉，《靈魂的口袋》（臺北：麥田，2003），頁84。

面，卻以母親關懷孩子的溫柔進行陳述，將地震的形象擬人化，比喻為大地之母，是以地震的產生，如同母親給予孩子叮嚀。透過母親的角度，告訴孩子應當尊重大自然，如同地震除了會帶給人們災害，也提供人們反省的空間。詩作末段描寫經歷重建之後，再次回到災區，為受災的人民獻上敬意，感受生命的那股源源不絕與生生不息的力量。

除了對本土的關懷，鍾喬的愛心也擴展到海外，展現其廣大的胸襟與跨國的同理心。〈Smoky Mountain上的母親〉是以馬尼拉為背景，刻畫國際人道關懷的缺乏，以及資源不均、生活水平低落的嚴重問題：

> 這裡是垃圾山，在馬尼拉，
> 人們稱它是Smoky Mountain
> 從母親出生的那一天起，
> 疾疫、貧困、死亡……從未間斷。
> 母親也想為孩子找個家，
> 夜裡星光照亮一桌的菜餚，
> 然而，拾荒的歲月是一則咒言，
> 烙印在母親瘦削的額際。[9]

全詩以母親從子夜的噩夢中驚醒開始，逐步敘述環境遭受破壞的過程。透過母親的成長，顯現環境因開發而遭受破壞，最後以母親想為孩子尋求一個適當的生長環境，卻必須面

[1] 鍾喬，〈Smoky Mountain上的母親〉，《滾動的原鄉》（臺北：書林，1999），頁74。

對日漸消瘦的無奈，經由畫面的更迭，映襯出不同年齡層次的環境與生活背景的主題。

於此，鍾喬將母親的形象轉化為土地，母親想要換取最好的資源給孩子們成長，就像是土地年復一年的提供人類最豐富的資源。然而受到人類的無情破壞與掠奪，母親原有的健康也日漸淪喪。「疾疫、貧困、死亡……從未間斷」除了指土地受到破壞，也暗指人類疾病的產生與蔓延，導致土地遭受汙染破壞。全詩除了透過意象對比強勢與弱勢、中心與邊陲的地位差異，也提出資源分配不均、生活品質落差的嚴重問題。

總上而觀，自二十世紀末勃興的環保觀念，至今也已逐步落實於民眾的心中，且在各個領域開花結果。而在鍾喬的思維中，這些重視環境保護的詩作，也以紛呈的文字藝術，實踐了他積極關懷的人文理念。

（二）政治壓迫的控訴

除了對環境的關懷保護之外，鍾喬面對社會國家競爭中所產生的不義壓迫，也有諸多感悟。以下即選擇不同時空背景下的代表性作品，作為逐一分析的基準。

在臺灣的民主發展歷程中，有諸多在抗爭不屈不撓，甚至犧牲生命的仁人志士，面對嚴峻的壓迫卻能展露其無憂無懼的大無畏精神。〈在血泊中航行〉的寫作，即是此一類型的代表：

> 「他們在血泊中航行，
>
> 並且穿越黑暗的閘門，

朝向黎明時灰濛濛的大地，

直到槍聲響起，在廣場上……」

我隱隱然聽見沉重的嘆息了！

在漫漫無盡的時間甬道中，

在燈下，默然埋首的祈願中。[10]

詩作透過回憶懷想當年事件的發生，利用記憶景象的片段建構，試圖將現實的場景與過往革命廣場的流血畫面相結合，激盪出內心對事件的追憶。詩中將「血泊」對比「黑暗」，顏色則以「紅」對比「黑」，呈現激昂的革命情懷。而時間從黑暗到黎明，由黑漸趨為白，透過「槍聲」強烈且直接的方式，劃破寧靜安祥，闡釋激烈革命後所付出的血淚與犧牲。

在民主發展的歷程中，臺灣與大陸的多項目標亦多有雷同，甚至彼此互相影響。1990年3月，在臺灣以大學生為抗議主體的「野百合學運」，提出「解散國民大會」、「廢除臨時條款」、「召開國是會議」與「提出民主改革時間表」等四大訴求，充分反應當時民間對統治階層的具體要求。而在漫長的抗爭之後，群眾的力量獲得大勝，多項的訴求均得到正面回應「野百合學運」的成就，也在臺灣的政治歷史上，寫下嶄新光榮的一頁：

但，暴力在國家的血液中集結，

文學院階梯的血已經風化，

[2] 鍾喬，《在血泊中航行》，頁123。

只是開啟一則證言的檔案，

敘述一九四七年二二八之后，

流放寒夜中的野百合。[11]

此詩運用百合的「白」，對比血的「紅」，表現年輕生命為求民主自由不怕犧牲的勇氣。而詩中闡述對於野百合學運的悲憫之心，也對知識分子極力追求民主自由的精神緬懷敬佩。

野百合為臺灣原生種花卉，是原住民魯凱族中的純潔代表，用來比喻單純、未受汙染的學運是非常恰當的。此外，野百合分布於臺灣各地，遠至高山，低至海濱，處處可見其綻放之姿，足以象徵民主生命的堅強與理念的清純。是以野百合學運包含對臺灣主體性的認同，以及對抗不義的堅持與勇氣，還有學生的理想及參與者的榮耀。是以此一事件在臺灣的政治發展史上，的確具有特殊的意義。

至於在稍早的1989年，大陸也發生由學生及群眾所發動的政治運動，他們聚集在天安門廣場，提出諸多的具體改革訴求，但是到了六月四日，中共政權下令以軍事力量強行鎮壓，坦克、機槍、刺刀造成廣場民眾的慘重傷亡，消息傳出後，舉世為之譁然：

死亡在你面前，

宛若一張光滑而潔亮的大理石，

[3] 鍾喬，〈Smoky Mountain上的母親〉，《滾動的原鄉》，頁29。

默默承載夜的殘暴。

血已經流到你記憶的門前，

就在你宣告民主大事紀的講壇上。

你聽見了嗎？民粹的歡呼，

像溫柔的坦克，

輾過紅色的天空……。[12]

鍾喬在此以「六四事件」為題材，表現人民對於政府粗糙政策的抗爭，以及在民主自由追求過程中的慘烈犧牲。「溫柔的坦克」為諷刺手法，「紅色的天空」則暗指流血犧牲，「坦克」是直接、不易改變的「鐵血」形象，而「天空」乃是自由的代表，兩相對比抗爭，最後付出的代價，卻是諸多無辜性命的犧牲。

「六四事件」以民主自由為核心訴求，期盼能號召人民，甚至是國際的支持。這個事件可以看作大陸歷經反右運動到文化改革，再到經濟改革的重要接續，但改革往往是殘酷的，如同惡夢一般，如此的歷史就像是「一樁永難甦醒的噩夢」：

「這是最后的戰鬥，團結起來到明天

Internationale，就一定要實現」

你們是這樣唱的 黎明前，

火紅的照明彈燃燒一個肅殺的夜空。

廣場的血　沿著

[4] 鍾喬，〈石岡媽媽〉，《靈魂的口袋》，頁107。

紀念碑的石階汩汩流淌……。

子彈穿越單薄的胸膛，

歌聲瘖啞　留給

歷史一樁永難甦醒的噩夢。

……

從反右到文革；

從文革到經改。

天安門廣場在等待黎明。

在守候一個共產黨黨員堅貞的信仰。[13]

全詩透過第三人稱的方式，側寫大陸爭取改革的目標，其中「堅貞的信仰」為共產黨黨員的情操，對比「子彈穿越單薄的胸膛」，呈現民主改革不易與自由理想的難以實現。「火紅的照明」描繪激烈的人民抗爭，「廣場的血」則點出抗爭失利，「汩汩流淌」指出傷亡慘重、血流成河，失敗的慘烈不言可喻。

由前後兩詩作的相互對此，可以看出鍾喬對於「六四事件」的感懷與看法。他一方面指出共產政權的改革不易，另外對於犧牲的人民也有所感懷，同時也感嘆歷史的演變與自由的爭取不易。以上的2首詩作都包含「血」的描繪，亦顯示出多方的抗爭激烈及緊張危急的氣氛。

總觀以上的兩類詩作，在環境保育的關懷下，鍾喬呈現其對生態的珍惜；而在政治壓迫的憂心中，也展現他對抗爭者

---

[5] 鍾喬，〈Smoky Mountain上的母親〉，《滾動的原鄉》，頁121。

的認同與崇仰。加上鍾喬善於運用劇場式的動態寫作以營造文字活力，故能充分傳達他對人文議題的重視與關照。

四、結論

1977年的鄉土文學論戰，提倡文學應當「回歸現實、反映社會生活」，受到這一理念的影響，開啟了鍾喬報導文學的寫作。「若由文學的社會發展角度來看，這樣困頓苦索的文學性格，多少也反映了，作者在面對往而不返的文化頹敗現象時，仍然堅持嚴厲的自我批判的寫作風格；並深信，唯有在衝突、激盪中持續推進，文學才成為了革新行動的一部分。」[14]由此可知，文學與藝術的發展脈絡，往往與社會發展有著高度且密切的關係。當一個民族面臨新挑戰、新改革，知識份子的進取突破，往往也造就出更美好的下一階段。鍾喬的詩作理念，即可以透過這種想法，傳達其面對社會巨變時，所欲呈現表白的積極思想。

總結前述提及的鍾喬思想與詩作特色，他經常藉由戲劇電影的意象手法，經營個人獨有的詩作形象，呈現社會情懷與個人意識。其主題則囊括基層人物的生活問題、歷史政治抗爭歷程，且經由不同層次與面向分別加以描述及反思。經由詩作的文字形象創造，呈現各種真實的面貌，此亦為鍾喬現代詩寫作的主要表現方式。

其次，鍾喬的詩作空間規劃，由於受到劇場空間元素的影響，空間安排蘊含或由遠至近、或由近到遠，引領讀者思維

---

[6] 鍾喬，《在血泊中航行》，頁30。

跳躍，表現劇場演出般的節奏緊湊，這樣的呈現方式，實與詩作的表現互為表裡。

這是典型的報導文學詩作，「它的藝術永恆性正好比『史詩劇場』的主張，是揭發社會矛盾，思索人在變革世界中的主體性」[15]，這些詩作趨向對廣大受苦民眾的關懷，以人為主體延伸多面向的關懷，有苦有樂，帶給人心巨大的震撼。寫作宛如見證歷史一般，提供回憶的機會，也具有深思的功能。「或許，見證距離改造世界仍有一段距離罷！然而，見證便是將事實擺在民眾眼前，讓他們去思索、去凝視，去構造屬於人民自身的未來。」[16]

不斷地改寫、不斷地紀錄，持續在歷史中學習教訓，希冀更美好的生活環境，這也是鍾喬在寫作歷程中，一個永恆追求的終極目標。

---

[7] 鍾喬，〈改造世界的文學——報告文學的美學特質〉，《回到人間的現場》（臺北：時報，1990），頁305。

[8] 同註15，頁313。

江文瑜詩作的主題意涵與書寫策略

一、前言

由於時代環境的風尚，以及性別歧視的差異等各項因素，造成女性作家及作品有被窄化的現象，是以如「時代性」和「社會性」的缺乏，向來是臺灣早期女性作家最被嚴重批評的一個要項。尤其在以男性為主體的現代詩壇中[1]，女性詩人往往自覺或不自覺地被導向於溫柔婉約的傳統與期待的風格。

源起於西方60年代末的「婦女解放運動」，在70年代以後逐漸轉向文化層面，於是「女權主義運動對文學帶來了兩種突出的影響；女權主義的新意識影響了作家、特別是女作家的創作意識；這種新意識以及女權主義的活動拓寬了婦女生活的題材。」[2]而這樣的情形，也對臺灣的文壇造成影響。尤其在歷經70年代末的鄉土文學論戰洗禮之後，強調女性主體的詩作，也在80年代以後逐漸蓬勃，除了顛覆傳統的書寫、內容與風格之外，她們也試圖打破既有的刻板印象，以期建立自我

[9] 女詩人在詩選集所佔的平均比率是11%，而《年度詩選》女詩人的比率則是16%左右。（以上統計資料參見：李元貞，〈臺灣現代女詩人的詩壇顯影・附錄〉，《中國女性書寫——國際學術研討會論文集》（臺北：學生，1999），頁57-59。

[10] 王逢振，《女性主義》（臺北：揚智，1995），頁11。

的典範。鍾玲在80年代末就有這樣的分析與歸納：

> 女詩人作品中自成體系的文學傳統則以承繼古典文學的婉約風格為主，而又衍生了對這主流三種不同的反動：（一）走另一種極端的豪放雄偉風格，（二）針對含蓄矜持語調而走相反路線的激情告解式文體，（三）針對甜美、寬容氣質而走相反路線的陰冷或戲謔風格。以上所列女詩人的婉約風格主流及其三種流變，可以稱之為臺灣詩歌中的女性文體傳統。這種女性文體傳統之產生，與整個文化背景及女性生理、心理皆有密切關係。[3]

但隨著時代演進，這樣的觀察也有加以調整的必要。稍後鍾玲以「女性作家作品之中，顯現的一種自覺，自覺她們自身是父權社會中處於劣勢的女性；並面對此一處境反思，提出因應對策[4]」來界定女性主義。而這樣的理想，也在80年代以後逐漸實現，尤其是教育普及與經濟獨立的背景，更為女性意識的覺醒奠定必要的基礎。

臺灣婦女運動雖然可以上溯至1971年由呂秀蓮帶動的拓荒時代，或是1982年由李元貞所領導的新知時期[5]，然而能真正產生深遠影響，還是必須等到80年代中期以後。

---

[11] 鍾玲，《現代中國繆司：臺灣女詩人作品析論》（臺北：聯經，1989），頁396。

[12] 鍾玲，〈臺灣女詩人作品中的女性主義思想，1986～1992〉，《當代臺灣女性文學論》（臺北：時報，1993），頁185。

[13] 顧燕翎，〈女性意識與婦女運動的發展〉，收入中國論壇編輯委員會主編，《女性知識份子與臺灣發展》（臺北：中國論壇，1989），頁109-122。

社會影響詩人的生活，詩作也反映社會百態，是以詩人、詩作與社會之間，也存在一種相互影響的互動關係。在80、90年代以後的臺灣詩壇，除了新世代女詩人的積極投入之外，新生代、中生代與前行代女詩人的覺醒與轉型，同樣具有時代意義，尤其是1998年11月1日，由江文瑜發起的「女鯨詩社」更結合了各世代的女詩人，除了擔任社長的杜潘芳格之外，還有王麗華、李元貞、利玉芳、沈花末、海瑩（張瓊文）、陳玉玲、張芳慈、劉毓秀、蕭泰、顏艾琳等合計十二人，稍後還有林鷺、蔡秀菊、吳念融等的加盟。另外配合詩刊《詩在女鯨躍身擊浪時》（1998）、《詩壇顯影》（1999）與《震鯨——九二一大地震二週年紀念詩專輯》（2001）的陸續出版，更造就出另一種有別於前的嶄新風範。

二、江文瑜詩作的主題意涵——「色」與「食」的交歡

隸屬於戰後第四世代[6]的江文瑜，1961年生於臺中市，臺大外文系畢業，美國德州大學奧斯汀分校碩士、德拉瓦大學語言學博士，現任臺大語言學研究所暨外文系副教授。曾任臺北市女性權益促進會創會理事長、常務理事。

1996年起開始在報刊發表詩作，著有詩集《男人的乳頭》（1998）和《阿媽的料理》（2001），前者曾獲1999年陳秀

---

[14] 李元貞把1921～1940出生的女性詩人稱為第一世代，1941～1949稱為第二世代，1950～1959稱為第三世代，1961～1969稱為第四世代，江文瑜是第四世代女性詩人的首位。參見李元貞，《紅得發紫——臺灣現代女性詩選》（臺北：女書文化，2000）。

喜詩獎，後者「阿媽的料理」系列詩10首，也榮獲2000吳濁流文學獎之詩獎，並在2000年當選十大傑出女青年。此外，另著有評論集《有言有語》（1996），傳記文學《山地門之女——臺灣第一位女畫家陳進和她的女弟子》（2001）。並編有《體檢國小教科書》（1994）、《媒體改造與民主自由》（1994）、《人文社會主動出擊》（1995）、《阿媽的故事》（1995）、《消失中的臺灣阿媽》（1995）、《打開頻道說亮話》（1997）、《阿母的故事》（1998）、《詩在女鯨躍身擊浪時》（1998）等書。學術領域涵蓋音韻學、語言社會學、實驗語音學、構詞學、原住民語言結構、文化評論、性別研究，而創作則以新詩為主力。

江文瑜詩作的主題意涵與其思維關係密切，而且也明確反應在她詩作的命題上。第一本詩集《男人的乳頭》著重在「性別議題」的系列探究。在詩集的自序中，江文瑜也明言：

> 如果說得更「學術」些，書名叫《男人的乳頭》，一方面意在期待女性逐漸擺脫被觀看的「客體」之角色，主動改變女性被動的形象，成為觀看世界的主體，一方面希望男性慾望能往「邊緣」多元流動，不再只是集中在「那根」，不再只是強調男性陽剛的「勇」與「猛」，在女長男消中，形成兩性較為對等的位置。而同時，男女被「異化」的身體都能回歸到較不被扭曲的狀態。[7]

[15] 江文瑜，〈男人的乳頭和青蛙的眼睛——自序〉，《男人的乳頭》（臺北：女書文化，1998），頁12。

作者有意透過對命名的「刺激」，達成某種均衡的目標，而這在詩集的系列詩作中，也有相對的呼應。《男人的乳頭》全書共分為三卷，分別是：

> 卷一〈愛情經濟學〉圍繞在「女性情慾想像」、「女性身體經驗」、「資本主義的商品化現象」、「女性書寫」等主題。
>
> 卷二〈憤怒的玫瑰〉涉及臺灣的父權社會在語言和社會結構兩方面對女性身體的控制。
>
> 卷三〈巫師與無詩〉以詩論詩，嘗試以詩呈現我對女性詩的想法與觀點、寫詩的各種經驗與感覺，突破傳統男性詩之必要性、與鼓勵女性寫詩的企圖。[8]

從該書的結構與內容觀察，也可以一窺江文瑜在集中系列詩作的主題意涵，其中對於兩性之間的認知偏差，以及針對性別議題的論述，就形成她作品的一大特色。如〈立可白修正液〉所言：

> 我打開立可白
> 她橫躺——
> 堅挺的乳頭滲出豐沛的乳汁
> 或是，尖硬的陰唇
> 泌流黏狀的潤滑液——

[8] 同註7，頁13。

正準備塗抹在攤開的男體

修正那一身陽性的弧線——[9]

這裡把女體與男體並陳，而以女性特殊性徵乳頭所滲出的乳汁，或是陰唇泌流的潤滑液，用以塗抹攤開的男體，並將之修正陽性的弧線，這的確是以女性對男性所發出的「抵抗」，而在《男人的乳頭》集中的其他系列作品，也多是如此典型的理念實踐。

至於江文瑜的第二本詩集《阿媽的料理》，則偏向於「飲食文化」的省思，這也同樣可以從詩集的命名得到印證。此外，從詩集共分成：「阿媽的料理」、「飲食雌雄」和「臺灣餐廳秀」等三大系列的卷目中，也可以得到相同的呼應。

由《男人的乳頭》的「性別議題」，到《阿媽的料理》的「飲食文化」，江文瑜在此轉向以飲食材料的引伸書寫，配合著臺灣在地文化的展現，如〈玉米〉所言：

她的孫子一顆一顆剝掉玉米

排列成圓弧狀

恐龍的牙齒

「改天奶奶再買恐龍給你」

阿媽的臺灣國語從漱口杯裡

[9] 江文瑜，〈立可白修正液〉，《男人的乳頭》（臺北：女書文化，1998），頁55。

一副金假牙

飄蕩過來[10]

這首詩在飲食的敘述描寫之外，隱藏著弱勢者的無奈心境。說著「臺灣國語」的阿媽，面對孫子的喜愛，卻只能以拖延的方式妥協。至於作者以「金假牙」和「恐龍的牙齒」對應，其實也有顯現兩者之間的強弱對比。再如〈甘蔗〉也是如此的書寫：

林家阿媽

五歲即已送養的童養媳

細長的刀右手緊緊握起

對著矗立的甘蔗，以絕對的刀

揮過去 麾過去 詼過去

咻，咻，咻

七歲即已開始勞動的手

在天地之間舞動

所有黑色甘蔗表皮

一片一片迅速掉落地面[11]

《阿媽的料理》雖然有不少看似輕鬆的作品，但其內容卻有不少是蘊含了沉重的省思，再如〈稀飯〉也有這樣的寓意：

[10] 江文瑜，〈玉米〉，《阿媽的料理》（臺北：女書文化，2001），頁66。

[11] 江文瑜，〈甘蔗〉，《阿媽的料理》（臺北：女書文化，2001），頁94。

「禍水加飯桶」

貧窮

米粒的尊嚴

都是灌過水的

隨著西方強勢文化的入侵，臺灣的飲食習慣也迅速被歐美同化，傳統米食市場大幅萎縮，農民生活也陷入困境。作者如此的深意，也含有強烈的批判意味。

事實上，江文瑜也曾明確表示：「這本詩集的每一首詩，都是我用生命的經驗換取來的，不管是流淚的，或流汗的、甚至是流血的。」[12]所以在臺灣特殊的「飲食文化」背後，江文瑜關注的內涵也和你我的生活息息相關。

從以上的作者自序和諸多作品來看，「性別議題」的研究與「飲食文化」的省思，確實是江文瑜當前詩作的兩大主軸。這不但可以從她兩本詩集《男人的乳頭》和《阿媽的料理》的命名得到印證，而在諸多作品的主題意涵中，也有對等的質量呈現。

三、江文瑜詩作的書寫策略——「形」與「義」的糾纏

傳統對於文字的表現是以「雅言」為正宗，因此在一般

[12] 江文瑜，〈從阿媽的背（ㄅㄟ和ㄅㄟˋ）張望〉，《阿媽的料理》（臺北：女書文化，2001），頁203-204。

的書寫表達上，採用「美文」是主流風尚的習慣選擇。以江文瑜的學術背景和寫作能力來看，這樣的要求對她並非難事，但是基於其對詩作主題意涵的思維運作，以及寄託在作品表達意義上的積極訴求，形成她與一般時尚的區隔，並展現出幾項個人的特殊書寫策略。

首先，不避俗字俚語，是她對詩作語言的抉擇。如直接以接近「白話」的語言當作詩作的表現內容，江文瑜也坦然無所避諱。就像是〈太陽餅＆月餅〉的表現方式，就是以相當質樸的文字為主要工具：

掉落人間的月
比掉落人間的太陽
更圓更大

不識字的那位阿媽
很快認出字典裡織的
那個「明」字
月和日的相對大小

每當中秋月圓總懷想起
一九四五年她遠赴南洋
征戰不歸的尪
追隨白色旗幟的紅太陽

這麼多年來

她早已自動將「日」的左上角

多加一撇，讓它長高，變大

三柱香跪拜

啊，希望生命能看得更明白[13]

這首詩是描寫一位老婆婆對1945年被日本徵召到南洋作戰丈夫的懷念。由於詩作的設計是以一位「不識字的那位阿媽」為主角，所以沿用淺顯的語言表達，更能具有說服性。又如〈意外事故〉，也是類似的文字呈現：

A同學臉帶疲倦說他不幸被腳踏車撞倒目前仍在休養階段

B同學憂傷說他父母婚姻面臨危機他六神無主

C同學說他也不幸撞到後背不過傷勢還好是一輛輕型摩托車

D同學十分無奈他的電腦午夜突然當機一個字也列印不出來

E同學他的書包竟然在另一堂課整袋遺失回去尋找時早已無影無蹤

F同學代X同學遞上一張醫生證明說急性盲腸炎必須臨時緊急開刀

G同學表明馬上就要參加研究所考試攸關他一生前途大學部課程只好徹底犧牲

H同學轉告Y同學的近況他已經辦理休學也不知為何原

[13] 江文瑜，〈太陽餅&月餅〉，《阿媽的料理》（臺北：女書文化，2001），頁38。

因可能壓力過重據說顯現一些精神官能病症

I……

想起我指導過的一位研究生

從美國捎來電子郵件

擔任教學助教的她宣布

隔週將舉行期中考試

四位同學陸續向她報告

不克參加的原因

他們的祖母都突然過世了[14]

這首詩是屬於「女教獸隨手記」系列，江文瑜把課堂上的實際景象，以逐項列舉的語言直接表達，刻意不加修飾，利用平鋪直敘方式，也能達成預期的成效。

這樣的例證不一而足，雖然作者不一定會全篇使用這樣的書寫策略，但是通觀江文瑜的系列詩作，這的確是江文瑜所經常使用的表現方式。

其次，對於諧音歧義的多樣手法，也是她喜愛且常使用的表現策略。如〈妳要的驚異與精液〉，就是這樣的典型：

身為女人的妳對做愛總是無比驚異

率將鼓舞歡送衝鋒陷陣的兵隊精液

在暗潮洶湧的陰道浮沉驚溢

[14] 江文瑜，〈意外事故〉，收錄於白靈主編：《千年之門》（臺北：萬卷樓，2002），頁166。

千萬支膨脹盛開的雞毛撢矗立勁屹
用力廝殺出憂暗角落隱藏的不經意
濕潤的愛意與愛液淫役　武功高強的精義
為保險　套上一層六脈神劍不侵的晶衣
豪爽對峙躍上最高峰競藝
玉山跳動如跳躍莖翼
牽連閃爍著臺灣鯨腋

每晚用妳親手撫慰的最高敬意
冥想創造　精益
求精
每日用妳喉嚨尖聲喃喃的頸囈
冥想創造　精液
求驚[15]

這首詩大量使用「ㄐㄧㄥ　ㄧˋ」的諧音（含聲調變化）以造成諸多詞語歧義。使用諧音以造成歧義，讓原本的字義產生多樣的意義，往往能讓人印象深刻。這完全不是「碰巧」對上，而是與主題搭配的特殊設計之處，也是作者的精心安排。又如：〈想像咖啡的滋味〉：

惟獨咖啡的味道仍只留在玻璃管／館內
口焦、口交、口嚼、口攪、口絞、口剿咖啡

[15] 江文瑜，〈妳要的驚異與精液〉，《男人的乳頭》（臺北：女書文化，1998），頁25。

是哪一般滋味：[16]

其中「玻璃管／館」或「口焦、口交、口嚼、口攪、口絞、口剿」也是類似典型。再如〈送你一串永不詞窮的玫瑰〉，也採取類似的諧音技巧：

玫瑰，最美麗／痴痢的花朵（真的嗎？）
世間以她歌頌愛情的華麗詞藻／雌蚤
用盡了口水，多半已了無新意／莘液
雖然並未絲毫減損她的風華絕代／瘋猾獗殆
如果我也送你一串詞窮的玫瑰
大概看不見你精湛／驚站的眼波
乘載／承載玫瑰／眉規的倒影

且讓我將玫瑰的名字贈與／語你。我的愛人
但以一種徹底波光／剝光她的方式
一件一件脫去花瓣的外衣
最後只剩熾菾／赤裸的葉莖
等待你從心／重新註釋／注視
變形／鞭刑的愛情[17]

[16] 江文瑜，〈想像咖啡的滋味〉，《男人的乳頭》（臺北：女書文化，1998），頁48。

[17] 江文瑜，〈送你一串永不詞窮的玫瑰〉，《男人的乳頭》（臺北：女書文化，1998），頁125。

至於如〈胸罩與凶兆〉與〈巫師與無詩〉等的命題，也是如此的方式。由於江文瑜在語言學上的專業能力，是以其成為個人的書寫特色，也是可以預期的表現。

接著，採取圖象式的表現策略，也是江文瑜在詩作中所經常使用的技巧，例如〈男人的乳頭〉即有如此的含意：

「原先，過於羞澀拘謹
你只允許自己以 o 型面目示人
圓滿、無缺、閉鎖
任何人可能為你搬出的辯解：
『英挺動人的天生賦予，
不需要修飾的男人本色』
我熱心提供資本主義最佳邏輯，全力說服：
『同心圓纏繞舌頭緞帶的免費包裝，
較適合贈送情人的貼心禮品』：
撩起彎月弧形，滑梯至右下
意猶未盡，舔舐前進
（你的 o 如今披上一身舌帶，風姿綽約宛若 a）
左上綿延而下，黏膩無絕
（此刻，你的 o 深飲一口氣，背脊堅挺，腰桿拉直如 b）
靈舌緞帶交錯捎來數陣低喃的呼吸聲
溫濕如初夏的眉宇／梅雨
不小，打醒一季晚春
（你矜持的 o 終於口乾喉燥，展唇急促呻吟如 c）

哦，舌帶差點忘記美容你的另一個o

他正乾瞪吃醋的漲紅了臉如O

來不及前置作業遊戲了

舌　甘　甜頭任意品嚐

綴繫成玫瑰花

（你的另一個o恢復自尊，微笑地再度挺直腰桿宛如d）[18]

這裡利用英文小寫字母o a b c d與男性的身體特徵結合，呈現一種書寫與閱讀的嘲諷與幽默。再如〈我的皮夾只放你一個人的名片〉也是一張名片的形式，置入全詩的設計。

至於在《阿媽的料理》中，這類的例子更是不勝枚舉。李元貞就指出：「在「阿媽的料理」系列這部分的詩作中，24首詩中有10首是「圖象詩」。」[19]而這些圖象詩，比起《男人的乳頭》中所出現的是更為完整。例如〈金針〉就將日本時代阿媽的生活經驗，以金子、縫紉機的金針和金針花這三者相結合：

！用她所有的金子！

！換來一台！

！全新的！

！縫紉機！

[18] 江文瑜，〈男人的乳頭〉，《男人的乳頭》（臺北：女書文化，1998），頁20-21。

[19] 李元貞，〈從阿媽的料理（詩藝）評江文瑜第二本詩集〉，《阿媽的料理》（臺北：女書文化，2001），頁6。

！阿媽說！

！太平洋！

！戰爭響！

！日本國！

！下道令！

！家裡禁！

！放黃金！

！！！！！

！快速跳！

！躍的針！

！每一次！

！播種了！

！一朵花！

！開得滿！

！山滿谷！

！直　到！

！凋　成！

！她　的！

！老　花！

！！！！！

！！！

！！

！

！

！

!

!

!

!

!

!

!

!

!

!

![20]

詩是以文字作為最主要的媒介與藝術形式，而文字本身即包括聲音的語言以及視覺符號的書寫，因此把詩作進行圖形排列，以造成視覺的美感，也是可行的創作方式。是以藉由文字（符號）的排列以達成特殊的視覺效果，也能達成新詩寫作時的另類嘗試與突破。

最後，是有關性別語言的突破，也是江文瑜的核心書寫策略。傳統遣詞用字的習慣往往因性別而產生差異，並形成所謂「陽剛」（masculine）與「陰柔」（feminine）之別。然而在父權圖騰的龐大陰影下，女性詩人必須更深入地突破男性語言的堡壘，方能解構男性的威權，〈女人．三字經．行動短劇〉就是典型的代表：

[20] 江文瑜，〈金針〉，《阿媽的料理》（臺北：女書文化，2001），頁35。

銅　像：駛妳老母

女人甲：阮老母開始學駕駛　掌握人生的方向盤

銅　像：屎妳老母

女人乙：阮老母排泄暢通　全身舒服

銅　像：幹妳老母

女人丙：阮老母一向真能幹　大的小的樣樣來

銅　像：幹妳老祖媽

女人丁：阮老祖媽真苦幹實幹　才能堅毅不拔

銅　像：幹妳老母雞巴

女人戊：阮老母養的雞　巴不得現在就撲上

銅　像：操妳媽的B

女人戊：我媽身體的B.B.call每天都在叫……[21]

「三字經」是典型的男性社群語言，因此江文瑜透過詩作語言，直接挑戰男性的專屬權，甚至加以嘲諷，以解構父權機制的「霸權」，也相當具有震撼性。

此外，大量使用專屬於女人的字詞以及主題入詩，例如：胸罩、月經、生產過程、乳房……等，用最純粹的女人角度來寫女人的詩，這也證明江文瑜心中迴異於傳統的書寫習慣，就如〈胸罩與凶兆〉：

[21] 江文瑜，〈女人・三字經・行動短劇〉，《男人的乳頭》（臺北：女書文化，2001），頁58-59。

每晚當我卸下胸罩
乳房留下紅色壓出的痕套
圍繞在蕾絲花邊的鋼網
撐起下垂的三角沙漏
因懷孕與哺乳而逐漸鬆動的城堡

沙漏輕輕墜落
提醒女主人時間凝鍊的緊箍咒：
「白天，妳還得乖乖聽話
鋼網替妳抵擋沙漏」
乳房發出沉默的凶兆：
「原本一手可以掌握
現在從指尖輕輕滑落」
（妳看見廣告說「魅X峰」
塑造魑魅般的造極身材）

你以為你可以取代胸罩：
「我的舌頭／蛇頭
一樣可以挑起乳頭」
胸罩自信的微笑：
「只有我的蕾絲花
永不凋謝地盤住沙漏所卸下青春的沙」
直到最後一粒落下[22]

[22] 江文瑜，〈胸罩與凶兆〉，《男人的乳頭》（臺北：女書文化，2001），頁72-73。

相對於傳統觀點對於女性身體的物化，江文瑜在意的是女性生活所遭受的束縛與困境，而提出一種女性本位的看法。劉維瑛也指出：「情慾作為一種書寫策略的工具，用來顛覆主流話語、顛覆傳統的思考模式，用傅科的觀點來說，以一種嶄新經驗的身體快感，來顛覆傳統性別與情慾觀念。」[23]

身為女性主義者的代言急先鋒，江文瑜透過上述的各種書寫策略，不但實踐了文學表現的多樣可能，也大步地涉入社會改革的積極意識與深刻關懷。

四、結論

首先，在寫作主題方面，書寫情慾內容向來是江文瑜詩作的大宗，不過摒除單獨的情慾之外，涉入政治議題或歷史事件的部分，也是她非常鍾情的內容。從江文瑜的詩作中，也可以明顯感受到這位女性主義者，不但對當時政治禁錮思想及言論的憤怒，因此在詩作中也常常針對相關的政治或是歷史進行再解讀。如〈從吐苦水到吐口水〉、〈在非黑即白的國度〉、〈白帶〉、〈婉如變奏曲〉、〈木瓜〉、〈炸薯條〉等，都是系列的作品。

其次，江文瑜詩作的用字遣詞，並不在乎意象以及文字排列之後所顯示出的美醜，只要是能明確表達出作者意念的文

[23] 劉維瑛，《八〇年代以降臺灣女詩人的書寫策略》（臺南：臺南市立圖書館，2001），頁147。

字她都會加以採用。至於用身體入詩時，任何器官都可以毫不避諱的書寫，用字大膽且辛辣。

江文瑜既然身為女性主義的實踐者，自然不願意落進以男性為主體所建構的語言世界，且使用男人規範的文字。由於女性的覺醒較晚，導致於在這塊園地處於弱勢狀態。在這樣不斷的壓迫之中，女人惟有在語言中創造出屬於自己的風格，才能夠從根本掙脫這種獨裁。

此外，江文瑜以語音學的實驗方法，探討台語、國語和原住民語的差異。所以在《阿媽的料理》一書的同名系列「阿媽的料理」中，配合了這些臺灣阿媽的生命歷程，江文瑜加上了自己的專業部分，因此如〈泰雅阿媽變猴子〉等詩作，不但在形式上有所變化，也在語言上有諸多的新意。而在「她變出尾巴長成猴」這句時，更摻進了圖象的表達，並以羅馬的拼音文字和漢文字拼出了這句話的泰雅族發音，使人倍覺驚艷，且更能增強讀者的想像。

總的來看，江文瑜的寫作態度，是讓自己有一個不隨俗的觀物角度，像〈男人的乳頭〉一詩中，江文瑜推翻平時是女人該買內衣的情況，而將男人置於購買內衣的情境中，觀（玩）賞男人的乳頭而不是讓女人的乳頭被重視。他們藉著身體論述，希望不必跟隨別人規定的路線，而能從尋常生活中解脫。

至於其主題圍繞在父權社會對女性身體的控制、女性情欲想像、女性身體經驗、資本主義社會的商品化現象、女性書寫等方面，其實也有結合寫作和社會運動，以反撲男性主導的社會結構。

江文瑜曾明確指出：「如果要把任何一項文化現象和女

性淪為『第二性』的命運作貼切和恰當的互相對比，則弱勢語言淪為『低階語言』的概念，最足以說明它和『女性』之間的神似。」[24]透過詩作的語言試驗，江文瑜早期詩作的內容與深度層面，往往僅止於性以及政治。但是在第二本詩集以後，我們看到江文瑜對於自己創作的路線已有更寬廣的掌握，除了情慾的層面依舊廣大，但在這些書寫的背後，我們卻可以體驗到歷史悲劇或是其他強勢壓迫的哀傷事件。但是經由淬鍊之後的文字，雖然看不到江文瑜在文字表層的憤怒，但是卻可以透過她的特殊筆法，體驗那些發生在不幸者身上的悲傷。所以第一本《男人的乳頭》的語言精練會讓人感到驚艷，但是第二本《阿媽的料理》的內容與書寫卻會讓人更有感同身受的共鳴，並且同時也享有之前的辛辣滋味。

陳義芝曾指出：「江文瑜諧音換義，押韻如頌歌的語句，考驗大家對詩的認知、對骯髒的價值判斷、對羞恥的心理反射。對於何謂含蓄、何謂精緻、閱讀張力從何而來，江文瑜也大力解構、重新架構。」[25]而以書寫作為一種參與的意向，或是一種改革的動力，我們可以體會到江文瑜的努力，以及她所孜孜不倦的關心焦點，也正一一浮現。

---

[24] 江文瑜，〈低階語言與女高音的山歌對唱〉，《有言有語》（臺北：女書文化，1996），頁11。

[25] 陳義芝，〈臺灣女性詩學的建立〉，《中外文學》第28卷第4期，1999年9月，頁94。

文學視界16 AG0149

群星熠熠
——臺灣當代詩人析論

作　　者／林于弘
責任編輯／陳彥廷
圖文排版／彭君如
封面設計／王嵩賀

發 行 人／宋政坤
法律顧問／毛國樑　律師
印製出版／秀威資訊科技股份有限公司
114台北市內湖區瑞光路76巷65號1樓
電話：+886-2-2796-3638　傳真：+886-2-2796-1377
http://www.showwe.com.tw
劃撥帳號／19563868　戶名：秀威資訊科技股份有限公司
讀者服務信箱：service@showwe.com.tw
展售門市／國家書店（松江門市）
104台北市中山區松江路209號1樓
電話：+886-2-2518-0207　傳真：+886-2-2518-0778
網路訂購／秀威網路書店：http://www.bodbooks.com.tw
國家網路書店：http://www.govbooks.com.tw
圖書經銷／紅螞蟻圖書有限公司
114台北市內湖區舊宗路二段121巷28、32號4樓
電話：+886-2-2795-3656　傳真：+886-2-2795-4100

2012年12月BOD一版
定價：290元

國家圖書館出版品預行編目

群星熠熠：臺灣當代詩人析論 / 林于弘著. -- 一版. -- 臺
北市 : 秀威資訊科技, 2012.12
面； 公分. -- (文學視界 ; AG0149)
BOD版
ISBN 978-986-326-032-5(平裝)

1. 新詩 2. 詩評

820.9108 101023459

讀者回函卡

感謝您購買本書，為提升服務品質，請填妥以下資料，將讀者回函卡直接寄回或傳真本公司，收到您的寶貴意見後，我們會收藏記錄及檢討，謝謝！如您需要了解本公司最新出版書目、購書優惠或企劃活動，歡迎您上網查詢或下載相關資料：http:// www.showwe.com.tw

您購買的書名：________________________________

出生日期：________年________月________日

學歷：□高中（含）以下　□大專　□研究所（含）以上

職業：□製造業　□金融業　□資訊業　□軍警　□傳播業　□自由業

□服務業　□公務員　□教職　□學生　□家管　□其它_____

購書地點：□網路書店　□實體書店　□書展　□郵購　□贈閱　□其他

您從何得知本書的消息？

□網路書店　□實體書店　□網路搜尋　□電子報　□書訊　□雜誌

□傳播媒體　□親友推薦　□網站推薦　□部落格　□其他__________

您對本書的評價：（請填代號　1.非常滿意　2.滿意　3.尚可　4.再改進）

封面設計____　版面編排____　內容____　文／譯筆____　價格____

讀完書後您覺得：

□很有收穫　□有收穫　□收穫不多　□沒收穫

對我們的建議：________________________________

____

____

____

請貼
郵票

11466
台北市内湖區瑞光路 76 巷 65 號 1 樓
秀威資訊科技股份有限公司 收
BOD 數位出版事業部

....

（請沿線對折寄回，謝謝！）

姓　　名：__________ 年齡：__________ 性別：□女　□男

郵遞區號：□□□□□

地　　址：__________

聯絡電話：(日) __________ (夜) __________

E-mail：__________